Brenda Jiménez Gallegos

ÍNDICE

«*Allí donde hay más sensibilidad
es más fuerte el martirio*».

LEONARDO DA VINCI

INTRODUCCIÓN

Sentada en la arena, una madre observaba a su hijo jugar en la orilla. El sonido de las olas y del graznido lejano de las gaviotas le regalaba un momento de paz infinita que de repente fue interrumpido por un grito agudo que parecía provenir del mar. El niño, que también lo había oído, se giró hacia unas rocas y corrió hacia estas, seguido por ella. Al llegar vieron, ya alejada del peligro, a una niña llorando; por la pierna le recorrían hilos de sangre que su padre intentaba contener mientras la calmaba.

—Tranquila. Mantenlo apretado. Voy a por algo con lo que vendarte, ahora vuelvo.

La niña afirmó con la cabeza y en cuanto este salió corriendo, el niño se acercó y la saludó, pero ella no le contestó.

—No es tan grave como parece —le dijo intentando mitigar su miedo, pero ella seguía ignorándolo; toda su atención estaba puesta en mantener apretado su muslo para contener la sangre y el dolor.

—Se ha hecho un buen corte, ¿eh? —dijo su madre acercándose.

—Debe dolerle mucho —respondió preocupado—. ¿Puedo?

—Dímelo tú. ¿Puedes? —preguntó mirando a su alrededor.

Entendiendo lo que le quiso decir, observó disimuladamente y asintió, luego, aproximándose más a la pequeña, posó sus manos sobre la herida y un resplandor se dejó ver entre ellas. Al retirarlas, la brecha se había convertido en un ligero corte y la niña, atónita, alzó la vista boquiabierta.

—Date prisa—dijo la madre empezando a alejarse—. Ya vuelve.

El niño entonces le dijo algo antes de marcharse y ella asintió.

—¿Qué tal lo hice? —preguntó a su madre al alcanzarla.

—Muy bien —respondió revolviéndole el cabello.

Cuando el padre llegó, no reparó en nada. Dejó caer un par de botellas de agua, que traía consigo, en la arena y empezó a rasgar una camiseta para vendar a su hija. Al disponerse a hacerlo notó que la herida apenas sangraba, echó entonces agua sobre esta para aclararla y se sorprendió al observar que lo que antes le había parecido un tajo profundo de pronto solo era un corte largo, pero superficial; su mente le recordaba lo que había visto, pero sus ojos le llevaban la contraria.

—Papá, ¡duele! —dijo la niña sacándolo de su perplejidad.

Por las prisas lo dejó pasar, pero él nunca olvidó aquella herida; su hija, en cambio, jamás la recordó, pues la había borrado de su mente, al igual que todo lo acontecido, en cuanto el niño le indicó que así lo hiciera.

1

ALTA SENSIBILIDAD

Ya que comenzamos aclararé desde ahora que esta historia no va de seres de otro planeta, tampoco va de vampiros, brujos o superhéroes, esta historia va de gente humana, muy humana, solo que de una especie un tanto diferente a la nuestra.

Para que nos entendamos mejor, les diré que, con relación a nuestra raza, ellos serían algo así como unos parientes superdotados, capaces de hacer cosas que para nosotros resultan impresionantes e incluso imposibles, pero sin el añadido de una postura arrogante.

Su etnia es tan ancestral como la nuestra, pero, debido a todos los problemas que siempre les hemos dado, ya fuera por envidia o por ambición, han optado por convivir con nosotros de manera inadvertida.

Para poder conseguirlo, cada nueva generación tiene el deber de seguir las instrucciones de sus predecesores y de dejar las suyas a sus descendientes. Así pues, deben encargarse prioritaria y personalmente de la educación inicial de sus niños hasta que aprendan a mimetizarse y a dominar sus habilidades, solo entonces pueden integrarlos en nuestra sociedad.

Esto nunca ha sido fácil, siempre han surgido complicaciones, pero hasta hace unos años por lo menos era llevadero. Hoy en día, sin embargo, con tantos dispositivos y tanta tecnología al alcance de todo el mundo, esta misión se ha vuelto todo un reto.

Como consecuencia, muchos prefieren no procrear. Les preocupa traer al mundo a seres inocentes que heredarán una vida aún más complicada, por tanto, sus núcleos familiares son cada vez más reducidos. En el caso de la familia de Mía, por ejemplo, son solo cuatro: Antonio y Olena, sus abuelos, a quienes cariñosamente llama abu y Lena, y Bianca, su madre.

No todos tenemos las mismas destrezas, y en su caso eso no es diferente, pero sí hay dos habilidades que todos ellos poseen y que deben aprender a utilizar desde muy pequeños, pues de estas depende su anonimato. Una de ellas es la de sanación; fundamental para mantenerse lejos de los laboratorios, pues, aunque su organismo es bastante similar al nuestro, tienen diferencias que salen a relucir en manos de la ciencia. La otra es la de control mental; utilizada solo en casos necesarios y sin abusar, porque bien saben que, de hacerlo, podrían perjudicar a los cerebros manipulados. No todos logran dominarlas, pero como mínimo deben conseguir desarrollarlas y luego mejorarlas a base de práctica y perseverancia.

En cuanto a la teoría, Mía estaba muy avanzada, con solo tres años ya tenía una idea general de cómo debía ser su comportamiento para no llamar la atención, ya empezaba a sumar, a restar y a leer y sabía que no debía hacer esto en público. En la práctica, ya era capaz de exteriorizar la energía que le permitía utilizar sus dones, aunque esta todavía era débil; algo normal para su edad y conveniente, además, porque una energía sin control significaba tener que huir constantemente o incluso aislarse en lugares recónditos hasta que consiguieran hacerlo, si es que lo conseguían.

A pesar de esto, su familia pensaba que debía continuar educándose en casa hasta que tuviera edad para iniciar la educación primaria, pues así lo habían hecho ellos en su momento; sin embargo, Mía no lo deseaba así. Tenía curiosidad, su vida era muy solitaria y, aunque la llevaban a menudo a parques para que observara el comportamiento de nuestros niños, no podía entablar mucha conversación con ellos, y es que Mía era muy parlanchina y siempre terminaba abordando temas que llamaban más la atención de los adultos que de los pequeños.

Presente

—¡Mamá! En el periódico han escrito sobre la alta sensibilidad —comentó una mañana mientras esperaba su desayuno.

—A ver —respondió acercándose para echarle un vistazo.

—¡Y hay un test!

—Bueno, si quieres podemos resolverlo en nuestra clase de hoy, pero ahora vamos a desayunar —dijo retirándole el periódico del abuelo, quien conservaba su preferencia por el papel—. Recuerda que en la mesa, en horas de comida, se come y se conversa.

—¡Buenos días! —saludaron los abuelos.

—Buenos días —respondieron ellas.

—Vamos a ver qué dicen las noticias hoy —dijo Antonio abriendo nuevamente el diario.

—Papá —advirtió Bianca al ver la reacción de su hija,

quien de inmediato tomó la palabra.

—No puedes leer ahora, abu —dijo imitando a su madre—. «En la mesa, en horas de comida, se come y se conversa».

Olena hizo un esfuerzo para no echarse a reír.

—Conque no, ¿ah? —respondió Antonio provocando a su nieta.

—Intento enseñarle sobre el respeto, papá —añadió afablemente Bianca—. Hay que darle buen ejemplo.

Antonio entrecerró los ojos mirando a su nieta, quien tampoco le quitaba la mirada de encima, mientras cerraba y doblaba lentamente el periódico.

—¿Y qué harán hoy, chicas? —preguntó Olena cambiando el tema.

—Concentración, relajación y un poco de esferas —respondió Bianca.

—Y un test que hay en el diario del abu —añadió Mía.

—¿Y sobre qué es?

—Alta sensibilidad —respondieron.

—Ah, ¿sí? ¡Qué bien! Cada vez le prestan más atención, ¿no?

—Sí, bueno…, aunque sin darle gran importancia —dijo Bianca—. Es solo un artículo corto con unas cuantas preguntas y, según las respuestas, indica si eres una persona altamente sensible o no. No explica mucho más.

—¿Y qué iban a explicar? —dijo Antonio jocoso, generando cierta controversia en la mesa.

Aquel tema llamaba su atención porque tiene mucho que ver con la empatía y esta cualidad es algo más que eso para ellos, de hecho, es uno de sus sentidos. Ellos pueden percibir las emociones de los demás como quien percibe un olor o un sabor, y por esa constante consciencia de las emociones no albergan instintos mezquinos en su corazón; abusar, traicionar, herir los sentimientos de alguien con alevosía o hacer sufrir por venganza les resulta tortuoso, por consiguiente no lo hacen. Eso los consumiría.

Este sentido les otorga ventajas, claro, pero también les genera debilidades, porque al percibir las emociones ajenas de ese modo tan directo, no pueden utilizar mecanismos que nosotros empleamos para protegernos del entorno; siendo egoístas, por ejemplo, o indiferentes, nos aislamos del sufrimiento ajeno y podemos centrarnos en nuestros propios asuntos. Esto para ellos no es una opción.

A Mía le encantaba participar de estas

conversaciones, era precoz incluso para su especie y con el tema tan entretenido, la leche se le había enfriado. Como no quiso interrumpir, tomó su taza con ambas manos para calentarla, como a veces lo hacía su madre, y cerró los ojos para poder concentrarse mejor. Al poco rato, una tenue luz empezó a brillar alrededor de estas, atrayendo la atención de todos. Nadie dijo nada para no desconcentrarla, pero Mía se dio cuenta del repentino silencio y dejó de hacerlo.

—¿Por qué has parado? —le preguntaron—. ¡Lo estabas haciendo muy bien!

—Sentí que me miraban y ustedes siempre dicen que, si siento que alguien lo hace, debo parar y fijarme.

—Tienes razón, pero en nosotros puedes confiar —dijo su abuela.

—¿Intentabas calentar la leche? —preguntó Bianca.

—Sí.

—¿Y lo has conseguido?

—Un poquito.

—¿A ver? —Bianca tocó la taza—. ¡Sí! ¡Lo has hecho! —dijo sorprendida tras sentir el calor.

—¡Muy bien! —celebraron orgullosos los abuelos al comprobarlo por sí mismos.

—Anda, tómala, ahora que está tibia —le instó su madre.

Entusiasmada por su logro, Mía la terminó de inmediato y pidiendo permiso se fue a preparar una mochila que se había hecho comprar para llevarla a sus clases, como lo haría en un colegio. Mía fantaseaba con esa idea y cada vez hacía más preguntas sobre cómo era todo aquello. Eso complicaba la labor de su familia, pues se distraía e interrumpía constantemente con temas que no tenían nada que ver con lo que estaban haciendo y, en su infinita paciencia, debían echar mano de su astucia para traerla de vuelta a la realidad.

—¿Y cuánto dura un recreo? —preguntó un día a su madre cuando intentaba, por tercera vez, hacer levitar una esfera de energía—. ¡Ay!, la perdiste —dijo sin ser consciente de que ella la había desconcentrado.

—Pues sí —suspiró Bianca resignada—. Empezaremos otra vez.

—Dijiste que era fácil si se practicaba.

—Y así es.

—Entonces, quizás no practicas lo suficiente.

—Shhhh…, mira —dijo susurrando mientras la esfera de luz se formaba nuevamente entre sus manos; cuando el color se hizo intenso y la forma estable, empezó a soltarla poco a poco hasta que, al fin, consiguió levitar.

—¡Por fin! —dijo Mía, y entonces Bianca dejó que se desvaneciera—. ¡Mamá!

—¿Sí?

—¡No habías terminado!

—¡Claro que sí! Ha levitado.

—Pero se supone que debía cambiar de colores.

—Debemos ir paso a paso, Mía, cuando tú consigas hacerla levitar, pasaremos a eso.

—Pero… —preguntó suplicante—, ¿puedes hacerlo al final de la clase? Me encanta esa parte.

—Muy bien. Si dejas de interrumpir, lo haré. Tu turno.

Mía cumplió con su parte del trato, pero a Bianca se le estaban acabando las ideas para lograr mantener a su hija centrada.

2

CORAJE

—Ya está decidido, mamá, voy a matricularla —dijo Bianca con firmeza.

—No veo para qué. Aquí está aprendiendo mucho más de lo que aprendería allá. Y hasta la primaria no es obligatorio.

—Su inquietud crece, ahora nos hace tardar dos días o tres lo que antes avanzábamos en uno; interrumpe constantemente, cambia los temas de conversación, y eso es porque se aburre aquí sola.

—Pues haremos que las clases sean más dinámicas.

—Aún no tiene edad para eso.

—Es muy espabilada.

—Aun así, solo tiene tres años.

—Tres y medio y, con relación a ellos, madurativamente está al nivel de un niño promedio de seis o siete años.

—Por eso mismo, creo que ya está lista para dar este paso.

—Pero ¿qué va a hacer allí, en medio de tanto infante que no saben ni atarse los zapatos?

—¿No los has visto en el parque, mamá? Los niños de ahora ya no son como los de antes.

—¡Ahora usan velcro! —gritó Antonio desde la terraza, buscando relajar un tanto la tensión entre sus dos chicas.

—Sí, claro que los he visto —respondió Olena ignorando el fallido intento de su esposo—. Ahora juegan con teléfonos de verdad y son antisociales.

—No generalices, mamá. Algunos son muy majaderos, pero la mayoría no. Además, encontrar gente así le enseñará a lidiar con esas situaciones y mejorará su paciencia y su autocontrol.

—¿Y si se descontrolara? —interrumpió Olena aprovechando que su hija tocó el tema, pues sabía que le preocupaba.

—Entonces lo arreglaríamos —respondió de manera cortante—. Sabemos lo que debemos hacer y, por último, nos mudaríamos si hiciera falta, pero estoy segura de que está preparada. Tiene métodos que yo no tenía a su edad y sabe que puede mandarnos a llamar en cualquier momento. Lo hemos ensayado muchas veces y sé que lo hará muy bien. No deja de hablar de ello, mamá.

—¡Claro! Porque es una novedad y eso le da curiosidad, pero cuando tenga que enfrentarse a esa situación…

—No sigas por ahí, mamá, alguna vez tendrá que empezar, ¿por qué no ahora que quiere hacerlo? De hecho, esos bríos son precisamente los que le van a ayudar a manejar esta experiencia. Cuanta más edad tenga, las diferencias cognitivas y madurativas entre ella y sus compañeros serán mucho más marcadas, y eso sí que puede ser muy frustrante. Le vendrá bien interactuar con niños de esa edad y, además, también podrá ver el comportamiento de niños más grandes y el de los adultos. Eso enriquecerá sus experiencias y conocimientos a niveles que no podemos ofrecerle aquí. Son seres complejos que desde que nacen llevan en su interior tanto de lo bueno como de lo malo, y eso podrá asimilarlo mejor ahora que, aunque está más adelantada intelectualmente, sigue siendo una infante. Va a ser muy beneficioso para ella convivir con todo eso y debemos apoyarla, no limitarla.

—Sigo pensando que es muy pronto —suspiró Olena resignada.

—Lo sé —contestó Bianca percibiendo su pesar.

—¿Y tú no vas a decir nada? —le increpó a Antonio, quien había seguido atento la conversación, pero sin meterse.

—¿Para qué? Ya la has oído. Ha dicho que ya lo ha decidido, ¡si hasta tenía preparado un discurso! Además, ya sabe lo que pienso; debería quedarse en casa para siempre y no salir nunca de aquí.

No había sido sencillo para Bianca tomar esa decisión, pues recordaba bien el impacto que tuvo cuando se integró a una vida social y fue muy duro. No conseguía adaptarse, se sentía expuesta y sus compañeros tampoco se lo pusieron fácil; a un grupo le dio por meterse con ella y debía hacer un gran esfuerzo para controlarse. En alguna ocasión no lo consiguió del todo y sus padres intentaron arreglarlo, pero los rumores corrieron tan lejos y tan rápido que tuvieron que mudarse a otro país para volver a empezar.

Aquello le generó inseguridades y empezó a tener problemas para dominarse. Los cambios de países entonces empezaron a ser tan constantes, como sus ausencias en los colegios, pues solo en casa se sentía segura, y eso solía ser el indicio de una vida de encierro a la que sus padres no le iban a dejar resignarse.

—Quizás no deberíamos obligarla a ir —dijo Olena preocupada después de una larga charla con Bianca, quien ya no quería seguir yendo a clases—. Yo no recuerdo que me costara tanto.

—No voy a aislarla —respondió Antonio tajante.

—Ya lo sé. Yo tampoco quiero eso, pero en el hipotético caso de que no consiguiera mimetizarse…

—No voy a aislarla —repitió Antonio sin dejarla terminar.

—¡Que no! Solo digo que quizás deberíamos darle algo más de tiempo y dejar que se eduque en casa.

—Así no aprenderá a controlar su energía. Necesita esa motivación.

—Pero ella sí la controla, con nosotros nunca es un problema, es solo cuando está sola que…

—Es que ese es el problema —volvió a interrumpir Antonio—. Nosotros no vamos a poder estar siempre a su lado. Debe aprender a dominarse sola y bajo presión.

—Ya, pero si no lo hace, y ¡déjame terminar!, tendríamos que averiguar por qué. Quizás tenga más energía de la habitual y deberíamos buscar un lugar más discreto donde pueda entrenarse.

—¿Un lugar más discreto? Di que sería en un lugar despoblado, uno desértico o extremadamente frío.

—No precisamente…, está ese lugar en la selva.

—No sabemos dónde está exactamente. Ni siquiera sabemos si de verdad existe. Solo hemos oído unas cuantas historias. ¿Cómo íbamos a encontrarlo?

—Pues buscando debajo de cada hoja si es necesario, Antonio, pero desde ya, porque bien sabes que esto va a ir en aumento y los choques culturales y lingüísticos tampoco están ayudando.

En ese mismo momento, en otra parte del mundo, al noroeste del continente americano. Axel, un niño de nueve años, estaba sumido en un profundo sueño cuando de pronto fue despertado abruptamente por su madre. Antes de que siquiera consiguiera abrir los ojos del todo, pudo percibir su miedo y una oleada de escalofríos recorrió su pequeño cuerpo.

—Nos han encontrado, cariño —le dijo mientras le ayudaba a levantarse a toda prisa—. No te asustes, ya sabes lo que debemos hacer. Ten valor. Haz como lo hemos practicado y todo saldrá bien. Contamos contigo, hijo. Tú solo, no dejes que te atrapen, ¿entendido? ¡No te dejes atrapar!

Antes de lanzarlo por un conducto secreto escondido en su armario, besó su frente aferrándose por unas milésimas de segundo a él y, tras recoger profundamente el olor de sus rizos, lo soltó.

Cuando Axel llegó al depósito del sótano, donde desembocaba su vía de escape, oyó cómo intentaban abrir la puerta desde afuera y se paralizó por un momento. Podía sentir perfectamente la velocidad y la fuerza con la que le latía el corazón, pero el cuerpo no le respondía. Finalmente, tras reunir todo su coraje, se asomó y, al ver que no conseguían abrirla, fijó su vista en una de las salidas al exterior de casa y, sin pensarlo más, corrió hacia esta; casi podía verse metiéndose en ella, como tantas veces lo había practicado, pero la cerradura cedió y dos hombres entraron impetuosamente. Al verlo, intentaron atraparlo, pero Axel consiguió evadirlos y trepando ágilmente por un andamio, intencionalmente colocado, se escabulló hacia otra de las salidas. En un par de ocasiones casi logran alcanzarlo, pero gracias a su entrenamiento sus movimientos fueron rápidos y escurridizos y consiguió salir.

A medio metro de las paredes exteriores había setos que bordeaban toda la casa para facilitar la huida sin ser vistos y Axel sabía que debía hacerlo de manera cautelosa para no ser oído. Se dirigió entonces hacia la parte trasera de esta y antes de salir observó entre los arbustos, como se lo habían enseñado. Al hacerlo, notó que había alguien en uno de los vehículos estacionados y sospechó que pudiera ser otro más de ellos, así que cambió de rumbo hacia la parte frontal, de camino aparecieron los hombres de los que había huido e instintivamente se paró en seco.

—Tiene que estar por aquí —decían mientras removían los setos.

Axel se sintió acorralado por un momento, pero entonces vio la salida por la que hacía unos minutos había escapado y pensó en colarse por ella otra vez. Estaba justo entre ellos y él y, ciertamente, era su única opción. Una última duda pasó por su mente, si correr hacia ella o continuar sigiloso, pero viendo que lo segundo podría hacerle perder tiempo, se arriesgó y emprendió la carrera; en cuanto se movió, los hombres lo vieron y se abalanzaron sobre él, pero una vez más pudo eludirlos y gracias al tiempo ganado llegó al sótano antes que sus raptores, tomando al fin una salida que le permitió escapar.

Salir de la casa era el primer paso de un plan meticulosamente preparado por su familia en caso de que algo así les sucediera. Lo siguiente era llegar hasta la cabaña de su abuelo; cada mañana salía a correr con sus padres por el bosque que los llevaba hacia esta y se habían asegurado de enseñarle más de una ruta.

Al igual que su casa, la cabaña tenía entradas y salidas secretas y cuando se metió por una de estas su abuelo, que aún estaba despierto trabajando en uno de los motores que reparaba en su cochera, oyó el sonido del eco que hacía al pasar y dedujo de inmediato que era él. Se encubrió de todos modos y apagó todas las luces. Pudo ver entonces cómo la luz que emitía su nieto se abría paso entre las grietas del conducto a medida que iba avanzando y, cuando al fin entró, lo asistió de inmediato.

—¿Qué ha pasado?

—Nos han encontrado— dijo exhausto y asustado.

Imaginando que podrían haberlo seguido, cortó las gruesas cuerdas que aseguraban el toldo empolvado con el que encubría una camioneta equipada para esos casos y subió a su nieto en ella, tras encenderla tuvo el impulso de apretar el acelerador y salir de allí rompiendo las puertas, pero el estruendo habría sido escandaloso, así que lo reconsideró. Tomó entonces una bocanada de aire y, reuniendo todas sus agallas, bajó del vehículo para entreabrirlas. Axel sufrió con cada segundo, pero bien que hizo, porque gracias a su silenciosa salida consiguieron alejarse sin ser advertidos por otro grupo que en ese momento iba llegando con la misión de capturarlo también a él.

Unas horas más tarde, ambos estaban sobrevolando un mar gélido a 78 grados de latitud norte. Axel se acercó a la ventanilla y pudo ver los kilómetros de nieve que cubrían aquellas tierras polares.

—¿Dónde estamos? —preguntó.

—En el Ártico.

—¿Y cuánto tiempo nos quedaremos aquí?

—Hasta que tus padres vengan.

—¿Y cuándo será eso?

—En estos días —respondió Abel intentando creerse lo que decía—. Descansa un poco, anda. No has dormido en todo el viaje.

—Es que no puedo. Cada vez que cierro los ojos veo a esos hombres.

—Pues cada vez que pienses en ellos, recuerda que conseguiste evadirlos sin la ayuda de nadie y también recuerda que no estás solo. Yo estoy aquí para protegerte.

Axel suspiró.

—Abuelo. Ya sé que, al igual que mis padres, piensas que no necesito saber los detalles de todas las cosas, pero estoy preocupado por ellos y necesito saber qué es lo que está pasando.

Abel sabía cómo se sentía su nieto, pero tal como lo había dicho él, pensaba que si no le daba muchas explicaciones, no lo confundiría más. Sin embargo, al oírle decir eso, entendió que debía ser más explícito.

—Tienes razón. Necesitas una buena explicación y tienes derecho a hacer todas las preguntas que quieras, pero ahora no es el momento ni el lugar, ¿lo entiendes? —dijo mirando al asistente de vuelo.

—Sí —respondió resignado.

—Pronto aterrizaremos y te prometo que, en cuanto nos instalemos, tú y yo hablaremos todo lo que haga falta, ¿de acuerdo?

—Sí.

—¿Me crees?

—Sí.

—Bien. Ponte esto antes de bajar —dijo pasándole un maletín con ropa de abrigo y unas botas de nieve—. Allá afuera hace un frío que pela.

3

ENTEREZA

Así pues, tras llegar a un asentamiento en una isla con escasa población y acomodarse en una cabaña sin vecinos, se sentaron al calor de una chimenea y tuvieron una larga conversación.

—Ya sabes que no debemos dejar que sepan que somos diferentes a ellos.

—Sí.

—¿Y sabes por qué?

—Justamente por esa gente. Para que no vengan a por nosotros.

—Bien, ¿y qué es lo que quieres saber?

—Quiero saber por qué nos buscan. Quiero saber qué es lo que hacen con nosotros cuando nos atrapan y a dónde nos llevan.

—Nos buscan porque saben lo que podemos hacer. Porque poseemos habilidades que ellos no tienen.

—¿Y eso es malo?

—Lo es si eso nos esclaviza.

Axel se sobresaltó.

—¿Eso es lo que hacen con nosotros? —dijo alarmado por sus padres—. ¿Nos esclavizan?

—Calma —dijo su abuelo al percibirlo—. ¿Ves? Esta es la razón por la que tus padres no te han hablado de esto. No querían asustarte.

—No saber lo que está pasando da mucho más miedo. ¿Lo hacen? —preguntó volviendo al tema.

—Sí.

Abel percibió el profundo pesar de su nieto.

—Tranquilo, hijo. Nadie ha dicho que los hayan atrapado, pero en el caso de que así hubiera sido, sabrán escapar. Encontrarán la forma.

—¿Y si los matan? ¿Y si ya lo han hecho?

—¡No, hijo, no! No les servimos de nada muertos.

—Pero quizás por evitar que me atrapen…

—No —dijo interrumpiéndolo al percibir culpabilidad—. Es más probable que los hayan retenido engañándolos, diciéndoles que también te tienen a ti, pero no tardarán en descubrir que no es así, porque pedirán pruebas y cuando no puedan dárselas sabrán que no consiguieron atraparte. Tú has hecho muy bien tu parte. Ahora debemos confiar en que ellos también harán bien la suya.

—Pero ¿por qué nos hacen esto? ¿Tanto les molesta que seamos diferentes?

—No. No es eso. Ellos lo hacen por codicia. Esa gente es patológicamente ambiciosa. Tienen tanta riqueza que, si quisieran, podrían equilibrar la calidad de vida en todo el mundo, pero en vez de eso prefieren seguir llenando sus arcas y nos persiguen porque nos necesitan para poder continuar haciéndolo. Verás, tus padres no te hablaron sobre esto tampoco, porque no querían cambiar tu percepción de las cosas tan pronto, pero he prometido que responderé a tus preguntas y te lo explicaré. Aparte de nuestra energía y de las habilidades que poseemos, podemos detectar minerales, metales, cristales y piedras preciosas; y eso es lo que tanto les interesa de nosotros.

—¿Minerales?

—Sí.

—¿Tan valiosos son?

—Mucho.

—¿Y cómo hacemos eso? ¿Cómo los detectamos?

—Lo sentimos. Todo nuestro cuerpo lo percibe.

Reaccionamos ante esos materiales.

—Yo nunca he sentido algo así.

—Claro que sí, pero como es tan natural para ti, no ves nada de raro en ello. Seguro que en más de una ocasión has sentido un picor en la lengua, en el paladar o en la yema de los dedos, una especie de escalofrío, e incluso has visto tus vellos erizarse, pero no le has dado importancia, porque se lo has atribuido al clima, al polen o a cualquier cosa que tuviera lógica para ti. Seguro que hasta se lo has comentado a tus padres y, como ellos le han restado importancia, tú también lo has dejado pasar.

—¿Y por qué no querían que lo supiera? ¿Qué tiene de malo saberlo?

—Una vez que sabes el valor que tienen, nunca más vuelves a ver esas cosas como antes. Las piedras de los caminos, las rocas de las montañas, los cauces de los ríos… dejan de ser solo eso.

—¿Por qué?

—Porque es allí donde están.

—¿En los ríos? ¿Por eso pasas tanto tiempo allí?

—Sí.

—Ahora entiendo. Siempre había pensado que tenías

una afición muy aburrida. Tanto trabajo para unas pocas pepitas… —Abel sonrió—. No sabía que valieran tanto. Entonces…, nosotros también los buscamos.

—No. Nosotros no necesitamos buscar. Simplemente los encontramos y tomamos un poco de lo que ya está liberado por la propia naturaleza. Y no lo hacemos por ambición. Nosotros no explotamos nada ni a nadie para conseguirlo. Tampoco nos adueñamos de los lugares donde están.

—¿Y dónde es eso?

—En todas partes, Axel. En la naturaleza.

—¿Y dónde lo guardamos?

—Nunca guardamos. Eso es atesorar, y nosotros sabemos bien que los tesoros terminan carcomiendo la mente y la moral de quienes los poseen. Enferman de angurria a las personas y terminan con un deseo insaciable por tener más y siempre más. Nosotros los vendemos y depositamos el dinero en una cuenta destinada a casos de emergencia como este. También usamos un poco para abastecernos, pero nunca como un ingreso único. Debemos trabajar para justificar nuestro medio de vida y para distraernos, si no, nuestros días serían muy aburridos, ¿no crees?

—¿Y cuándo aprenderé a hacer eso?

—Hoy mismo podemos empezar, si quieres.

—¡¿Hoy?! ¡Sí! ¡Claro que quiero!

—Vamos a necesitar de nuestra energía para no congelarnos allá afuera, pero nos vendrá bien salir. Despejará nuestras mentes —dijo pensando en voz alta—. De acuerdo. ¡Abrígate bien! Desayunamos fuera, aquí no hay nada para comer y ya, de paso, vamos conociendo el lugar, ¿te parece?

—Sí.

Abel llevó a su nieto a dar una vuelta por los alrededores de aquel pintoresco lugar y consiguió sacarlo del estado de angustia en el que había estado metido desde lo sucedido. Cada noche se las ingeniaba para llenar sus días de actividades y mantenerlo así ocupado, pero lo cierto es que Axel pensaba mucho en sus padres. Sobre todo al despertar. Cada mañana deseaba encontrarlos conversando con su abuelo en el salón, lo deseaba tanto que a veces lo soñaba, pero ese día no llegaba.

—¡Buenos días! —le saludó Abel una mañana, fingiendo estar de muy buen humor, tras verlo apoyarse desmoralizado en el marco de la puerta del salón—. Hoy tenemos malvaviscos para desayunar ¡Y los ahumaremos!

¡Ven!

Axel accedió cabizbajo.

Al ver que su nieto no se animaba, se levantó para buscar algo en su habitación.

—Hoy voy a enseñarte algo nuevo —le dijo al volver, trayendo consigo un maletín de mano—. ¿Me pasas las rocas que recogimos ayer?

—Claro.

Al dárselas, vio que su abuelo ya había puesto varias cosas sobre la mesa, entre ellas un juego de pinceles, un cincel, un martillo, linternas, un juego de copelas de diferentes tamaños metidas unas dentro otras, un juego de coladores metálicos y lupas de diferentes formas y tamaños.

Abel tomó una de las rocas y empezó a alumbrarla con una linterna; no era una común, esta era fina y su luz, potente y directa, parecía atravesar el pedrusco.

—Ven —le dijo a su nieto—. ¿Qué ves?

—Brilla.

—Es porque contiene minerales, cristales y metales. Los colores, la forma y la reacción que tengas al tocarlos te darán una señal de cuáles son.

—Esta tiene oro, ¿no?

—Sí. Está mezclado, pero sí. ¿Lo has deducido por el color?

—Sí, pero también porque tengo una sensación familiar. Es algo que ya he sentido cuando he tocado las pepitas que encontrabas en el río.

—¿Y esta? —dijo tomando otra roca. ¿Qué dirías que lleva?

—No estoy seguro. El color también es dorado, pero no tengo esa sensación.

Abel asintió.

—Es que no es oro. Esta lleva pirita y a veces se mezclan, pero, como puedes ver, la que contiene oro pesa más y el color es mucho más intenso. Además, la pirita tiene formas cúbicas. ¿Lo ves?

—Sí.

—Estas dos suelen confundirse, por eso las escogí.

—¿Y para qué es todo esto? —dijo refiriéndose a todas las cosas que había puesto en la mesa.

—Ahora lo verás.

Abel tomó una de las copelas, la más grande, y la llenó con agua fría, luego puso un colador dentro de esta. Después, en un pequeño saco de tela muy gruesa, metió la roca que contenía oro y, sin apretar demasiado, la sostuvo en su mano. Al cabo de un rato, se le empezó a iluminar el puño y por entre los dedos comenzó a escurrir un líquido oscuro que al gotear y entrar en contacto con el agua se solidificaba tomando la forma de pepitas. Cuando parecía que se había acabado, Abel exprimió el saco hasta extraer la última gota, entonces lo abrió y lo vació. La roca se había convertido en un montón de trocitos.

—¿Cómo lo has hecho? —dijo Axel, al fin capturado por el interés.

—Extrayendo cada partícula de los minerales que la mantenían unida. Nosotros podemos hacer esto usando, como has podido ver, simplemente nuestra energía. Para ellos, sin embargo, es un proceso muy complejo que les toma mucho tiempo y esmero. Para conseguir esto —dijo sacando del colador una de las pepitas— necesitan toda una mañana de trabajo, incluso un día entero, y lo peor es que muchas veces todo ese esfuerzo es en vano, porque, como no poseen este sentido que nos permite detectar y diferenciar los materiales con solo tocarlos, tienen que ir probando. El trabajo es arduo y desgastante; se dejan la vista y la espalda en ello e incluso la vida, porque suelen usar productos que son nocivos para la salud. Diría que, por lo menos, ellos se juegan su propia salud, pero no es así, a veces, sin saberlo, perjudican hasta la de sus propias familias. Y ya ni qué decir de las multinacionales que se dedican a esto de manera masiva.

Axel tomó una de las rocas y la observó un rato.

—¿Puedo hacerlo?

—¡Claro! Inténtalo.

Tras probar varias veces, no vio ningún resultado. Su energía aún no le permitía generar la intensidad necesaria.

—No puedo —dijo rindiéndose.

—Ah, pero podrás. Ya te digo yo que podrás. Solo necesitas fortalecer y entrenar esa energía. Eso sí, no olvides que este es un proceso que siempre debes realizar a puerta cerrada. Y cuando lo vendas, nunca te pases con las cantidades ni lo lleves a los mismos lugares. Eso llamaría la atención.

—¿De quién?

—De todos. ¿Cómo ibas a justificar de dónde lo sacas?

—¿Tú cómo lo haces?

—El río. No solo tú me veías colando en él.

—¡Ah! Y mezclas las del río con estas.

—Sí.

Ambos se quedaron un rato en silencio. Axel, asimilando todo lo que le había contado su abuelo.

Entonces una idea se le pasó por la cabeza.

—Si mis padres no vuelven pronto, nosotros podríamos ir a buscarlos.

Las palabras de Axel sacaron a Abel de sus propios pensamientos.

—¿Cómo dices?

—Podríamos volver a tu cabaña y llamar su atención haciendo todo esto que me has dicho que no haga, entonces esa gente vendría a por nosotros y, cuando estemos todos juntos, les borramos de la mente quiénes somos y les ordenamos que nos dejen ir.

—Eso es una muy buena idea, hijo, pero ¿no crees que a ellos también se les ha ocurrido que podríamos hacer eso? Tienen muchas cabezas, muchos cerebros operando desde la distancia. Lo controlan todo. No solo con gente, sino también con máquinas, y sus puertas no se abrirán si ellos no lo autorizan. Además, no podemos dominar más de una mente a la vez y ellos lo saben, por eso siempre actúan en grupo.

—Pero ¿cómo conseguirán escapar entonces? Lo siento, abuelo, no quiero sonar mal, pero sabiendo todo esto, ¿cómo puedes estar tan tranquilo?

—Se llama entereza, hijo, es la capacidad de afrontar los

problemas con serenidad. Dime, ¿preferirías verme desesperado?

—No.

—Yo tampoco quiero verte así. —Axel bajó la mirada—. Debemos tener fe.

—Pero ¿cómo? ¿Cómo van a conseguirlo entonces?

—Como lo hiciste tú. Verán la oportunidad y la aprovecharán. En alguna de sus excursiones, tras algún descuido…

—¿Excursiones?

—Claro. Deben sacarlos. ¿De qué otro modo iban a indicarles dónde están los minerales si no? —Axel tuvo un halo de esperanza—. No es imposible escapar, muchos lo han conseguido, por eso sabemos todas estas cosas, ellos nos las han contado. Incluso algunos han sido ayudados por esa misma gente.

—¿Por ellos?

—Sí, Axel. Por alguna razón, algunos terminan haciendo lo correcto. Y esto me recuerda algo muy importante que debo aclarar. No todos son iguales. No todos piensan en sí mismos. No a todos les mueve la ambición ni a todos les seduce el poder. Hay gente muy buena allí afuera, después de todo, también son seres sensibles. Con esto no te digo que debes fiarte, pero sí que no debes generalizar. Es necesario que te tomes un tiempo para reconocer su índole antes de juzgarlos. Podrás hacerlo a través de las emociones que emitan. Estas te ayudarán a calarlos.

4

LOS NATIVOS

Bianca y sus padres llevaban dos meses instalados en una ciudad bien comunicada del Amazonas. La pareja había decidido acondicionarse primero antes de introducirse en la frondosidad de su selva.

Llegado el momento, tuvieron que hacer uso de todo su valor, resistencia y habilidades para adaptarse a ese entorno cada vez más salvaje y de inmediato descubrieron a los más insaciables y feroces de todos sus depredadores. Insectos. En cuanto se descuidaban, ya estaban intentando picarles, anclarse en su piel o depositar sus larvas en ellos; el repelente fue, sin duda, su mejor arma de defensa, porque su constante asedio no les habría dado tiempo a recuperarse utilizando solo su habilidad de sanación y, además, el desgaste de energía habría sido continuo y excesivo.

Desde un principio tuvieron la sensación de estar perdidos, pues nunca tenían clara su ubicación, pero, afortunadamente, no iban tan a ciegas. Sabían, por ejemplo, que el lugar que buscaban estaba más allá de la civilización tal y como la conocemos. Sabían, además, que, a pesar de que podían encontrarse con nativos agresivos, ellos eran una buena señal y que los adecuados se comportarían como guías, pues sabrían comunicarse en más de un idioma y se ofrecerían a llevarlos a zonas más turísticas con el fin de alejarlos de allí.

Para no agotar sus reservas de comida, se alimentaban de los frutos que iban encontrando por el camino. Por las mañanas, seguían rutas nuevas y las marcaban para asegurarse de no repetirlas, y por las tardes, antes de que oscureciera, buscaban un lugar seguro donde instalarse y pasar la noche. Antonio y Olena se turnaban para cuidar de la vida y el sueño de su hija; al principio no era difícil, pues la selva cobraba vida justo entonces y los incesantes ruidos que provenían de todas partes los mantenían bien despiertos, pero con el pasar de los días se fueron acostumbrando a todos esos sonidos y hasta les reconfortaba oírlos, porque les hacían sentir que no estaban tan solos como parecía. Esto, sumado al desgaste acumulado, al agradable calor del fuego y al crepitar de leña, hicieron caer en sueño a Antonio una noche mientras hacía la guardia; apenas fueron un par de minutos, pero al despertar le pareció que había sido más. Sobresaltado, repasó entonces los alrededores con la mirada y al ver que todo estaba en orden suspiró aliviado y se puso de pie para espabilarse. Al estirarse sintió el cuello agarrotado y empezó a masajearlo mientras giraba la cabeza en círculos cuando, sin querer, vio fugazmente dos luces brillantes en la copa de un árbol. Inicialmente pensó que era un búho, pero de pronto el fuego se avivó y le dejó ver la silueta y hasta las características manchas de un jaguar enorme encaramado en una de sus gruesas ramas, y lo estaba observando. De inmediato sintió como una descarga eléctrica por todo el cuerpo. Sus vellos se erizaron. Apretando los dientes, hizo un esfuerzo por mantener la calma, pero su cerebro había disparado todas las alarmas y podía sentir cómo se le tensaban todos los músculos. Tenía la sensación de que la sangre se le había vuelto espesa y de que la nuca se le había congelado. Intentaba mantener un ritmo de respiración normal, pero tenía el pulso acelerado. Sin quitarle la mirada, pensó en despertar a su esposa y a su hija, pero temió que pudieran reaccionar de una manera contraproducente y poner nervioso al félido que, honestamente, parecía tranquilo, así que no lo hizo. En vez de eso, empezó a mentalizarse para una posible lucha; estaba cargado de adrenalina, eso sin duda jugaba a su favor, así que barajaba todas las posibilidades. No era su deseo matarlo, pero debía considerarlo si acaso este decidía atacar.

«Mejor que no —repetía—, mejor que no».

Transcurridos unos minutos, el felino se levantó; desde donde estaba tenía un salto fácil, conque Antonio empuñó firmemente el cuchillo y levantó el brazo a la altura de su cuello, pues bien sabía que era por ahí por donde cogían a la mayoría de sus presas, pero, para su sorpresa, este se giró ignorándolo por completo y descendió del árbol tan silenciosamente que no fue capaz de oírlo cuando llegó abajo.

—¡Olena! ¡Despierta!

—¿Qué pasa? —respondió de inmediato.

—Un jaguar.

—¿Dónde?

—No lo sé. Acabo de perderlo de vista. Puede estar en cualquier parte y salir desde cualquier lugar. Despierta a Bianca. Adviértele que no grite.

Aquella noche fue la más larga y angustiosa de toda su vida. Ninguno fue capaz de pegar el ojo, pues con la paranoia desatada reaccionaban nerviosos ante cualquier ruido. Con el amanecer llegó la calma y al fin pudieron relajarse. Antonio durmió casi toda la mañana y Olena y su hija cuidaron bien de su descanso.

Cada día se parecía mucho al anterior, excepto por el clima; un día el cielo podía verse despejado y de repente empezaba a llover a cántaros o una noche podía agobiarlos con su bochorno y otra hacerles pasar frío; estaban agotados y algo desesperanzados cuando finalmente empezaron a encontrar comunidades nativas. A pesar de que sus habitantes hablaban en un idioma incomprensible y no daban la impresión de querer ayudar, se sentían optimistas cada vez que daban con alguna de estas. Una tarde, llegaron a una aldea no muy diferente a otras que ya habían encontrado y vieron a un grupo de nativos conversando. Para su sorpresa, uno de ellos se les acercó.

—¿Son turistas? —preguntó en más de un idioma—. ¿Están perdidos?

—No —respondieron.

—¿Y qué hacen por aquí? Esta es una zona protegida y está llena de animales silvestres que podrían hacerles daño.

¿Son exploradores?

—No. Estamos buscando a unos entrenadores.

—¿Qué entrenadores?

—No sabría explicar, solo hemos oído que se radicaron por aquí, en alguna parte de la selva.

—¿Han oído? ¿De quién? ¿Dónde?

—De unos amigos.

—¿Y qué amigos son esos?

El nativo aguardó en silencio esperando a oír sus respuestas, pero ellos no dijeron nada más.

—¿Saben? Aquí viene mucha gente esperando hallar aventuras o encontrar cosas de las que han oído hablar, pero lo único que encuentran es lo que ven. Vegetación, animales, insectos y algunas aldeas nativas como esta. Han tenido suerte de cruzarse con nosotros, no todos entienden su idioma ni son tan sociables, de hecho, hay tribus muy territoriales que se comportan de manera hostil con los forasteros. No es porque sean malas personas, es que los de afuera nos invaden constantemente —dijo intentando ser amable—. Están perdiendo su tiempo aquí. Déjenme llevarlos al pueblo, desde allí podrán volver a retomar su viaje y conocer lugares mucho más interesantes.

La familia rechazó educadamente su ofrecimiento y los padres dijeron que pasarían ahí la noche porque estaban cansados, pero que al día siguiente se marcharían.

El nativo les dejó quedarse e incluso les ofreció morada y, al caer la noche, después de comer, les comentó muchas de las anécdotas que habían tenido con turistas despistados y con exploradores arriesgados a los que no les gustaba que les dijeran lo que podían o debían hacer.

—Agradecían la ayuda ofrecida, pero luego, una vez que pensaban que nos habían despistado, volvían a la aventura —contaba sonriendo—. También están los desconfiados, que prefieren irse solos porque temen que les estemos tendiendo una trampa y, muertos de miedo, se van deseando encontrar pronto el camino de regreso.

Los nativos lo sabían bien, así que, sin dejarse ver, los seguían, y en cuanto se volvían a salir de la ruta, reaparecían, como por casualidad, para reconducirlos, pero entonces dejaban que fueran ellos mismos los que se acercaran a preguntar y, por supuesto, les indicaban por dónde ir, pero luego volvían a lo suyo; solo los acompañaban si ellos lo pedían expresamente. En cuanto a los exploradores cabezotas, los dejaban perderse hasta que oscureciera, entonces les hacían pasar una noche inolvidable.

Al día siguiente retomaron su búsqueda y, para su sorpresa, volvieron a toparse con un nativo similar al del día anterior; les pareció mucha casualidad que también se comunicara en más de un idioma y que les hablara sobre los peligros que les acechaban y de la suerte que habían tenido de encontrarlo, pues no era común encontrar nativos como él por allí. Entonces decidieron ser más osados.

—No somos turistas.

—¿Qué hacen por aquí entonces?

—Estamos buscando a unos entrenadores.

—¿Qué entrenadores?

—Unos que viven aquí, nos dijeron que los nativos indicados sabrían decirnos dónde y creemos que usted podría ser uno de ellos.

—¿Yo? ¿Por qué?

—Porque, como ha dicho, usted no es como los demás.

El nativo borró su sonrisa amable y cambió la postura. Antonio tomó aire y se irguió y Olena escondió a Bianca tras ella.

—¿Podrían demostrarlo?

—¿El qué?

—Que no son turistas.

—Sí, podemos.

—¿A ver? —dijo el nativo retrocediendo.

Antonio casi estaba seguro de haber entendido lo que este le había pedido, pero sabía que había más escondidos por allí; eran tantos que podía sentirlos, lo que no sabía era cuántos eran y pensó que, si se estaba equivocando y hacía algo anormal, podría asustarlos y a saber cómo reaccionarían. Empezó a mirar a su alrededor entonces.

—Son muchos —dijo Olena.

—¡¿Por qué se esconden?! —gritó Antonio—. ¿Por qué no salen? ¡No somos peligrosos! Solo somos una familia que necesita ayuda.

—¡Nuestra hija necesita ayuda! —gritó Olena.

—¿Qué le pasa? —preguntó el nativo.

—Le cuesta dominar sus… habilidades.

—¿Qué habilidades?

—Es complicado. La gente de la que les hablo lo entenderá. ¿Pueden decirnos dónde encontrarlos?

—No, pero puede que alguno pase por aquí, entonces querrá ver a su hija.

—¿Sola?

—No, ustedes podrán estar con ella.

Aquellas palabras les devolvieron a la vida y, agradecidos, dijeron que esperarían lo que hiciera falta. Al cabo de unas horas, el nativo volvió con alguien, una mujer de piel canela, alta y con cuerpo atlético. Al acercarse, vio a los padres visiblemente cansados. Se habían sentado cerca de un árbol y cuidaban del sueño de su Bianca, quien se había quedado dormida.

—Hola, soy Liana.

—Hola —respondieron los dos levantándose con cuidado de no despertar a su hija.

—Yo soy Olena.

—Y yo Antonio.

—Me han dicho que están buscando a unos entrenadores.

—Sí —respondió Antonio—. ¿Es usted…?

—¿Puedo verla? —dijo refiriéndose a Bianca sin dejar que terminara su pregunta.

—Claro —dijeron cediéndole el paso—. Llevamos semanas buscándolos. Paramos solo para dormir, comemos lo que encontramos, así que está extenuada.

—¿Qué es lo que le pasa?

—Cuando se pone nerviosa, le cuesta mucho contener su energía.

—¿Cuántos años tiene?

—Acaba de cumplir once.

—Con once años ya debería contenerla sin problema. ¿Entrena?

Ambos padres asintieron sin responder.

—¿Cada día?

—Sí —respondió Olena—. De hecho, cuando está con nosotros o en casa, siempre está estable, es cuando está fuera y sola que pierde su confianza.

—¿Es tímida?

—Con nosotros no, pero se retrae con todos los demás.

—Entonces, ¿dirían que todo se debe a su inseguridad?

—En gran parte, sí —dijo Antonio—. Aunque también pensamos que tiene más energía de la habitual.

—Y que va aumentando a medida que va creciendo, por eso le cuesta cada vez más contenerla —añadió Olena.

Al oír esto, Liana acercó su mano a la de Bianca y pudo sentir rápidamente su energía.

—Puede ser —comentó—. Ya lo comprobaremos.

—¿Lo comprobarán? Entonces, ¿es una entrenadora? —preguntó esta vez Olena.

—Sí. Disculpen que no haya respondido antes. Debía

asegurarme de que no eran unos listillos intentando jalarme la lengua.

Tras su confirmación, ambos sintieron un golpe de emoción. No eran solo mitos, eran reales y estaban hablando con una de ellos.

—La despertaremos —dijo Antonio.

—No es necesario. Es evidente que están cansados. Mañana tenemos un largo recorrido que hacer, así que les recomiendo que descansen bien. Este es Waya —dijo presentando al nativo que la había traído—. Él y su comunidad les ofrecerán asilo y comida. Los dejo en buenas manos.

—Muchas gracias —dijeron al verla marcharse. Ambos deseaban decirle mucho más que eso, pero sus anfitriones les habían invitado a seguirlos y no querían ser descorteses.

5

LA CIUDADELA

A la mañana siguiente, cuando Bianca despertó, notó una cortina muy fina rodeando completamente el lecho donde descansaba; los nativos preferían dormir en hamacas, pero habían acondicionado una vivienda al gusto de sus particulares vecinos, porque sabían que ellos no descansaban bien durmiendo de ese modo y supusieron que la familia también preferiría esa estancia. Antonio y Olena conversaban animadamente mientras bebían algo en unos recipientes que parecían de madera.

—¿Qué están tomando? —preguntó mientras se sentaba.

—¡Hola! ¡Buenos días! —respondieron acercándose—. Es un té de... hierbas —añadió Olena mirando un poco dudosa la infusión, pues no sabía de qué tipo era.

—¿Buenos días? —preguntó confusa—. ¿Qué hora es?

—Las nueve y media de la mañana —respondió su padre.

—¿De la mañana? ¡Pero cuánto he dormido!

—Un montón —dijeron sonriendo—. ¡Y como un tronco!

—¿Dónde estamos? ¿Y qué es esto? —preguntó refiriéndose a la ligera tela.

—Es una mosquitera. Sirve para protegerte de los insectos.

—Ahh, ¡qué bien! ¡Me gusta! ¿Y cómo hemos llegado aquí?

—¿Recuerdas al nativo con el que hablamos ayer?

—Sí.

—Pues él nos ofreció este lugar para pasar la noche.

—¡Qué amable!

—Pues sí —dijo Olena—. Y ahora nos esperan para desayunar, así que levántate ya. No debemos hacerlos esperar.

—Hoy nos espera un gran día —dijo su padre.

—¿Otra excursión? —preguntó Bianca intentando no sonar desalentada.

—Sí. Pero hoy vamos acompañados por alguien especial.

—¿Quién?

—¡Una entrenadora que conocimos ayer! —respondió emocionada Olena.

—¡¡Anda!! ¡¿Pero qué dices?! ¡¿Los han encontrado?!

—¡¡Sí!! —respondieron.

—Y ¿por qué no me despertaron?

—Quisimos, pero tú estabas tan dormida que ella prefirió dejarte descansar.

—¡Pues no! ¡Debieron despertarme!

—Da igual —respondieron—. Hoy la conocerás.

Bianca se levantó apurada y empezó a acomodarse la ropa y a peinarse con las manos.

—¿Hay algún lugar donde pueda asearme?

Su madre se la llevó para ayudarla y su padre tomó los recipientes para devolverlos y agradecer por la bebida, que ciertamente les había sentado muy bien. Al salir, vio a dos hombres conversando con Liana. Llevaban una ropa similar a la de ella y al verlo lo saludaron.

—Buenos días —dijeron todos.

—¡Buenos días! —respondió acercándose.

—Estos son mis compañeros, Manu y Yago —dijo Liana—. También son entrenadores.

—¡Mucho gusto! —contestó al estrechar sus manos—.

Estamos muy agradecidos de haberlos encontrado. Íbamos un tanto perdidos y no sabíamos ni siquiera si estábamos en el lugar correcto o si existían.

Ellos sonrieron.

—¿Qué tal han descansado? —preguntó Manu.

—Muy bien, gracias.

—Me pareció ver antes a tu esposa —comentó Liana.

—Puede ser —respondió Antonio—. Salió temprano, le gusta familiarizarse con los entornos nuevos.

—¿Y Bianca?

—Se acaba de despertar, no tardan en venir. Está muy entusiasmada.

—Y cuéntanos, ¿cómo es que han sabido de nosotros? —preguntó Yago.

—Siempre hay historias que cuenta el amigo de un amigo, y la de ustedes era una de esas que uno quiere escuchar. No sabíamos mucho, la verdad, apenas rumores..., que se escondían en la selva..., que eran expertos entrenadores... ¡Aquí vienen! —dijo Antonio interrumpiendo su relato para hacer las presentaciones.

Bianca estaba tan contenta que dejó a un lado su timidez.

—Mis padres ya me habían hablado de ti —le dijo a

Liana—. ¡No me creo que ya los hayamos encontrado!

Todos sentían su emoción y Liana, al igual que los otros dos entrenadores, simpatizaron inmediatamente con ella. Yago, agachándose un poco, abrió su mano mostrándole la palma verticalmente y luego le pidió que aproximara sus dedos a los suyos, pero sin tocarlos. Al hacerlo, un campo de energía se empezó a formar entre ambas manos.

—Ahora haz como yo —le dijo—. Dobla un poco los dedos. Debemos hacer espacio para que se forme una esfera.

Así lo hizo y, cuando se formó, Yago la atrapó y empezó a jugar con ella deslizándola por los brazos como si de una bola de *contact juggling* se tratara. Finalmente, la desvaneció en sus manos.

—¡Vaya! ¡Tienes que enseñarme a hacer eso! —dijo Bianca fascinada.

—¡Claro! Pero primero, lo primero. Debes desayunar bien. Tenemos una larga travesía por delante.

Entonces se acercaron a un grupo de nativos que se habían sentado alrededor de lo que parecía un pícnic. En vez de mantas usaban hojas gigantes y sobre ellas había cuencos artesanales de diferentes tamaños. Los más grandes, llenos de frutas; algunas de estas no les eran familiares, pero los nativos les animaban a probarlas y realmente sabían muy bien. Los más pequeños los usaban como platos, donde colocaban sus raciones para luego rociarlas con cremas de cacao y diferentes tipos de miel. También había varios tipos de frutos secos que, al combinarlos, realzaban aún más los sabores.

No todos los días se esmeraban de esa manera, pero la presencia de los entrenadores era algo importante para ellos y cuando, además, tenían invitados que les caían bien, podían ser unos anfitriones muy generosos.

—Esto es un auténtico lujo —dijo la pareja admirada.

—¡Ya te digo! —respondió Bianca hasta arriba de crema—. ¡Chocolate!

—¿Por qué les sorprende tanto? —preguntó Waya—. ¿De dónde creen que proviene el cacao?

—Es verdad —respondieron los padres un tanto avergonzados—. Supongo que los hemos subestimado. Nuestras más sinceras disculpas.

—Aceptadas —dijo otro nativo imitando su acento con una expresión seria que provocó la risa de todos.

Tras el desayuno, en medio de todo tipo de consejos, los nativos despidieron a la familia, que no podía estar más agradecida por todas las atenciones recibidas. Tal como les dijeron, el camino fue largo, pero también fue entretenido, sin el peso de la búsqueda, y gracias a la confianza que les generaban sus guías, pudieron disfrutar por primera vez de toda la riqueza natural que los rodeaba; insectos enormes y rarísimos, árboles gigantescos, cascadas y plantas exóticas que daban ganas de tocar, pero tampoco querían interrumpir la marcha de los entrenadores, así que seguían de largo y en silencio. Finalmente, en las orillas de un lago, dos embarcaciones rústicas, tipo canoas, les estaban esperando. Había otro entrenador allí, Francis, era mayor que los otros, pero su contextura también era atlética y fuerte. Al verlos se acercó a saludarlos y, después de las presentaciones, continuaron la travesía navegando.

Al llegar a su destino, este se veía como cualquier otra parte del lago, pero en realidad tenía una muralla camuflada por la misma vegetación que impedía el paso y la visibilidad. Se fueron aproximando entonces a una cascada y para informar de su llegada empezaron a soplar unos cuernos que llevaban colgados en sus cuellos y en sus cinturas; los tenían de diferentes tamaños y cada cual tenía su propio sonido. Eran como llaves de viento que iban despejando el camino hacia la entrada. Por el medio de la cascada empezó a salir algo triangular, era un portón que tenía esta forma justamente para dejar caer el agua por los costados mientras se abría paso con la punta, separando así el gran chorro que lo cubría. Cruzaron un canal y al final de este otro portón igual al anterior partía en dos otra cascada despejándoles nuevamente el camino.

Una vez dentro vieron gente allí, todos se giraban a mirarlos, pero sin dejar de hacer sus actividades. El lugar era diferente, seguía siendo la misma selva, pero la vegetación crecía de manera controlada y bien distribuida. El clima tampoco era el mismo que el que hacía antes de pasar por las cascadas, seguía habiendo humedad, pero el nivel era mucho más bajo. Esto se debía a que un campo energético, imperceptible a simple vista, cubría toda la ciudadela a manera de cúpula. Esta tenía diferentes funciones; los protegía de los rayos uva, por ejemplo, y de las lluvias intensas, pero sobre todo del exceso de insectos y de humedad. La cúpula, que también bloqueaba cualquier tipo de señal, se alimentaba principalmente de la energía que ellos le aportaban, pero además almacenaba los rayos solares y, en conjunto, se producía una especie de filtrado que les permitía mantener el entorno fresco y saludable.

Su propia energía también les servía para poner en marcha los sistemas de engranaje de diferentes artefactos que facilitaban sus labores y mejoraban su calidad de vida.

—¡Vaya! ¿Es aquí donde viven? —preguntó Bianca.

—No. Aquí venimos cuando nos toca hacer guardia —respondió Liana—. Un mes, una vez al año y cuando vienen los relevos, regresamos a la ciudadela.

—¿Y esos niños? —preguntó Olena.

—Algunos vienen con sus familias —comentó Yago.

Al orillar emprendieron una última caminata. Antonio y Olena empezaban a sufrir las consecuencias de las todas las malas noches cuando de repente avistaron algo en el horizonte.

—Ahora sí —dijeron orgullosos—. Bienvenidos a nuestra ciudadela.

Los siete se pararon un momento para poder contemplar los alrededores y donde miraran hallaban belleza que reflejaba cuidados y dedicación. Entre la vegetación brotaban pequeñas cascadas de agua que ellos mismos reconducían para no tener que salir a buscarla cada día al río y unas sólidas chozas de gran tamaño, hechas con bases de piedras perfectamente encajadas y techadas con paja, cuerda y caña, terminaban de dar carácter al paisaje.

—¡Es increíble! ¿Cómo es posible? —dijeron impresionados.

—Con muchos años de esfuerzo y trabajo.

—¡Es precioso! —dijo Bianca maravillada al ver un grupo de venados de cola blanca pastando tranquilamente.

—No sabía que hubiera venados en la selva —dijo Olena.

—Pues sí. Lo que pasa es que no sobreviven mucho tiempo fuera de nuestros límites. Por eso se quedan aquí.

—¿Los felinos no entran?

—No suelen hacerlo. Si eso, por despiste, curiosidad o persiguiendo a alguna presa, pero en cuanto se dan cuenta del movimiento humano que hay aquí, se van. A ellos les gusta su espacio, se parecen mucho a nosotros en realidad. Solo quieren vivir tranquilos sin sentirse observados y allí afuera tienen todo lo que necesitan, ¿para qué iban a venir?

Antonio recordó su experiencia con el jaguar y lo comentó. Luego los demás contaron sus propias anécdotas y, aunque todos se habían llevado un buen susto, curiosamente, ninguno había sido atacado.

—Yo tengo una teoría —dijo Yago—. Solo atacan a los que buscan capturarlos. Se defienden.

—De todos modos, yo no me fiaría —dijo Francis—. Si nuestro instinto nos hace reaccionar así, no debemos ignorarlo.

Su civilización estaba muy bien organizada. Todos estaban ocupados haciendo algo; construían, pescaban, trabajaban la madera o recolectaban mientras sus pequeños revoloteaban a sus anchas. En su día a día vestían ropa liviana, fresca y sencilla que elaboraban con telas que ellos mismos hilaban; los materiales más fuertes y el trabajo minucioso lo reservaban para confeccionar su ropa de entrenamiento que, además de cómoda, debía resultar firme y resistente.

Cada cierta cantidad de casas había merenderos con largas mesas en su zona central y, en las esquinas, hornos de piedra pegados a otras mesas del mismo material para poder trabajar en ellas. Allí se reunían a diario para cocinar, comer u organizarse.

Finalmente, estaban los campos de entrenamiento. Sus dimensiones eran tan altas como anchas e iban cubiertos por enramados naturales que reposaban sobre estructuras de madera, también de forma semicircular. Este camuflaje evitaba que quedaran a la vista de avionetas que de vez en cuando, pasaban por ahí. Las superficies eran llanas y, a diferencia de todo lo demás, carecían de vegetación. Allí creaban cúpulas, también hechas de energía, en las que se metían para entrenar, y solo podían entrar en ellas los portadores de esta. Su función era contener los excesos de energía, pues a medida que la iban fortaleciendo, podía llegar a hacer daño.

Tras las primeras pruebas pudieron comprobar que, efectivamente, Bianca poseía una energía desmesurada. Sus alumnos generalmente necesitaban ayuda para poder exteriorizarla, pero con ella era lo contrario; la sacaba con gran facilidad, lo que le costaba era contenerla.

—Déjala salir —le instaba Manu durante uno de los entrenamientos.

—Eso hago.

—No. Te estás conteniendo. Libérala toda.

Bianca no se atrevía a solarla sin más. Aunque alguna vez había perdido el control, nunca le había dado rienda suelta.

—No te preocupes, la cúpula la absorberá —la animaban los otros entrenadores.

Fiándose de ellos, se decidió a hacerlo, y esta se empezó a concentrar alrededor de ella como un aura cada vez más brillante. Los entrenadores no habían visto eso nunca, pero confiaban en que sabrían manejarlo. Aquella aura se fue desprendiendo de su cuerpo a manera de ondas y al llegar al campo de energía de la cúpula les hizo retroceder, pues pudieron sentir el potente calor que emanaba. Al cabo de un rato empezó a sobrecargarse, provocando chispas que, al caerles encima, les hicieron saltar de dolor. Su reacción hizo parar de inmediato a Bianca y los demás presentes, que también estaban entrenando allí, se dieron cuenta de que iba a estallar, así que de inmediato hicieron dos cúpulas más sobre esta, cada una más grande que la otra, de modo que, cuando estalló, consiguieron absorber el impacto.

—¡Lo siento! —dijo Bianca lamentándolo.

—No te preocupes —respondieron ocupándose cada uno de sanar sus propias heridas. Manu fue el más afectado.

—Estas son cosas que pasan —añadió Liana al tiempo que se acercaba a ayudar a su compañero.

Al cabo de un rato sus quemaduras tenían mucho mejor aspecto, pero, aun así, lo enviaron con los sanadores maestros para que terminaran de curarlo.

Bianca no quería continuar, pero todos la persuadieron

para que lo hiciera, porque aquello era nuevo también para ellos y esa era la única forma de conocer su alcance.

—Haremos cúpulas de refuerzo desde el principio para que contengan las chispas —hablaban entre ellos.

—Quizás también deberíamos entrenar con protectores.

—Y en otro campo, uno vacío.

Al oírlos improvisar, los padres intervinieron.

—¿No habían visto esto antes?

—No exactamente —respondieron—. Pero estamos acostumbrados a que surjan eventualidades.

—Nos gustan los retos —dijo Sebastian, uno de los veteranos del grupo—. Así aprendemos más e innovamos.

—No importa lo que tardemos —dijo Liana—. Le enseñaremos a dominar su energía, pero antes debemos tantearla.

—Bianca, ¿recuerdas la esfera que hicimos? —preguntó Yago.

—Sí.

—Si me enseñas a hacer esas ondas, yo te enseño a manejar la esfera.

—Pero no sé cómo.

—Ya lo sabrás cuando aprendas a tener el control

absoluto de tu energía —dijo Liana.

—¿Y cómo haré eso?

—Con mucho entrenamiento —respondió Sebastian—. Usaremos diferentes técnicas, porque debes fortalecer todas tus áreas. Es importante que consigas un equilibrio entre lo mental, lo físico y lo emocional. Cuando estos tres estados sean estables, podrás conseguirlo.

—Ojalá —dijo Bianca un poco insegura.

—Así será —respondieron.

6

ONDAS BIANCA

as primeras clases fueron un poco frustrantes para Bianca, porque al acabarlas no tenía la sensación de estar avanzando, por el contrario, las caras de incomprensión de sus entrenadores le generaban más inseguridad. No se explicaba cómo iban a ayudarla si no tenían ningún precedente de lo que estaba ocurriendo.

Los cambios eran continuos y muchas veces no acertaban. En el caso de las cúpulas, por ejemplo, inicialmente pensaron que, cuanto más grandes fueran, mejor se distribuiría la energía de las ondas y, por lo tanto, resistirían mejor, pero no tardaron en comprobar que trabajar con campos de energía tan grandes complicaba su plan de hacer cúpulas de refuerzo, pues al tener esas dimensiones no les daba tiempo de acabarlas.

En una ocasión, cuando la segunda cúpula de refuerzo

empezó a debilitarse, se apresuraron a generar dos más, pero viendo que no iban a conseguir terminarlas, decidieron centrarse en la que estaba más avanzada; muchos de los espectadores que iban para ver las famosas ondas de las que todos hablaban, se unieron a ellos para ayudarlos a terminarla y, gracias a su rápida intervención, se evitó un desastre, pero no se libraron de una gran lluvia de chispas que, además de castigar los alrededores por donde cayeron, también dejó varios heridos. Por suerte para todos, Bianca siempre iba soltando de manera gradual.

Pese a las adversidades, estaban obteniendo mucha información valiosa y ya sabían que más valía una cúpula densa que una grande. También descubrieron que las ondas iban aumentando su intensidad según iban saliendo, conque empezaron a tomarse un tiempo entre onda y onda.

—¿Qué opinan? —preguntó Alex, con respecto a Bianca.

—Es insegura, pero aun así, con sus dudas y su incomprensión, ella cumple con lo que se le indica y se esmera —respondió Sebastián.

—Sí, emocionalmente es débil —corroboró Manu—. Y físicamente es frágil, pero aun así tiene una gran resistencia, es increíble cómo consigue contener toda esa energía a raya.

—¡Y la facilidad con que la suelta! —añadió Liana.

—Pienso que eso es gracias a su fuerza mental —comentó Sebastian—. Sin duda, esa es una de sus fortalezas.

—Cierto —concordaron todos.

—Quizás deberíamos dejar el tema de las ondas un rato y trabajar otras destrezas —sugirió Alex—. Unas que sí comprendamos y que podamos enseñarle a desarrollar. Aprender cosas nuevas podría aportarle la seguridad que está necesitando.

—Estoy de acuerdo —añadió Sebastian—. Nos vendrá bien a todos. No debemos obsesionarnos. Descubramos su potencial poco a poco e intentemos que todo esto sea un proceso natural para ella.

—Bien —dijeron todos.

Trabajar en nuevas técnicas le dio a Bianca el respiro que estaba necesitando y, después de un tiempo, no solo mejoró sus ya desarrolladas habilidades, sino que además aprendió otras nuevas. Esto le ayudaba a desenvolverse mejor, aunque todavía no superaba el tema de su inseguridad.

—¡Muy bien, Bianca! Te has superado —dijeron sus entrenadores tras acabar una de sus rutinas.

—Gracias. No ha estado mal —contestó sin dar mucha importancia mientras se marchaba.

—¿No ha estado mal? —preguntó Liana siguiéndola—. Has hecho un gran trabajo. Puedes sentirte muy orgullosa de ti misma.

—Lo estoy. Claro que sin su ayuda…

—Nosotros solo te estamos enseñando cómo hacerlo, pero todo ese esfuerzo es tuyo. Quien lo está realizando eres tú.

—Ya. Pero sin ustedes no me atrevería a hacerlo.

—Nosotros te infundimos seguridad, entiendo, pero debes basar tu confianza principalmente en ti. Es lo único que te falta para superar esta etapa inicial, aprender a confiar en ti misma, ¿no lo ves? ¡Puedes valerte por ti misma!

Bianca no contestó.

—Se me ocurre algo para ayudarte a mejorar este aspecto, vamos a dejar que ahora tú te evalúes a ti misma. Seguiremos guiándote, pero ya no te daremos nuestra opinión, ni durante tu entreno ni al finalizarlo. Ese será, ahora, parte de tu trabajo.

—¿Hablas en serio?

—Sí. Debes empezar a valorarte a ti misma. Cuando seas consiente de tus capacidades, ya ni siquiera nos necesitarás.

—No sé. Yo aún no me siento preparada para eso —contestó agobiándose.

—Al principio nadie se siente preparado, pero una vez que comprobamos lo que somos capaces de hacer, vamos fortaleciendo nuestra confianza.

—Ya... —dijo sin disimular su pesimismo—. ¿No crees que es muy pronto?

—No. Estás preparada, ¡ya lo verás! y muy pronto serás tú quien nos de clases a nosotros. Hay lista de espera —bromeó—. ¿Ya has pensado cómo llamarlas? —dijo refiriéndose a sus ondas.

—No.

—¿Qué tal «das ondas Bianca»? ¡No!, ¡no!, «Biancas».

—¡Biancas! —dijo sonriendo.

—¿No te gusta?

—Sinceramente, creo que no deberían llevar mi nombre, después de todo, las he descubierto gracias a ustedes.

—¡Ya estamos de nuevo! —lamentó Liana—. Tienes que dejar de restarte méritos. Debes dejar de vernos como tus entrenadores y empezar a vernos como tus compañeros.

—Yo no me siento así.

—Porque aún sigues teniendo flaquezas. Mentalmente estás óptima, físicamente mejoras cada día más, pero el tema emocional sigue siendo un tema que tratar.

—Lo sé.

—Pero eso no significa que no estés avanzando en esta área. Es bueno que seas consciente de lo que debes mejorar, pero también debes ser consciente de tus progresos, ambos son importantes, porque uno te indica el camino que te falta recorrer y el otro el que ya has recorrido. Estoy segura de que este cambio va a servirte de mucho.

Al principio, Bianca sintió que su entrenamiento había pegado un frenazo. Durante las prácticas daba todo de sí, pero todo su esfuerzo parecía ser en vano, porque sus entrenadores no emitían ninguna opinión. No sabía si lo que estaba haciendo era suficiente o si lo estaba ejecutando mal, los únicos que le daban algún parecer eran sus padres, pero de manera muy superficial.

«¿Es que no van a decir nada? ¿Cómo voy a saber si

estoy mejorando o no?», pensaba un tanto disgustada. «¿Cuánto durará esta etapa?», preguntaba. «El tiempo que te tome aprender a evaluarte», era todo cuanto respondían.

Aquello le resultaba desmotivador, incluso insoportable. Sus esfuerzos le resultaban insulsos y la idea de renunciar se le empezó a pasar por la cabeza. Entonces recordó algo que había oído durante alguna de sus clases de meditación: «Si alguna vez tienen ganas de renunciar, sopesen el motivo por el que están aquí con el motivo por el que quieren irse. El que sea realmente más importante les indicará lo que deben hacer».

Empezó entonces a cavilar sobre ello y la respuesta era tan evidente que se sintió un poco avergonzada. Reconoció una de sus debilidades: medía su valía en función de la opinión de los demás, y no de acuerdo con su trabajo, y por eso le desanimaba que sus entrenadores la orientaran sin emitir opiniones.

—¿Mi problema es el ego? —le consultó a Aqua, su mentora de meditación.

—¿Por qué crees eso?

—Porque desde que ya nadie me evalúa los entrenamientos, se me han hecho aburridos. Y me siento desmotivada…, creo que hasta deprimida.

—Muy bien, Bianca. Ahora ya sabes la razón por la que no conseguías obtener esa seguridad en ti. Estabas trabajando por motivos equivocados. Ahora que eres consiente de esto, debes dejar de esforzarte para conseguir la aprobación de los demás y hacerlo simplemente para mejorar, aprender y superarte a ti misma. De este modo alimentas la autoestima, no el ego.

—Lo recordaré.

—Otra cosa. No olvides ser objetiva y justa. Sobrevalorarte es tan pernicioso como subestimarte.

Con esta nueva perspectiva, pudo empezar a valorar sus propios criterios. Cambió el enfoque de su interés y empezó a centrarse en ella misma, cronometraba sus tiempos, medía su fuerza, su agilidad y su resistencia. Prestaba atención a sus fallos, pero también a sus logros, y al cabo de un tiempo empezó a notar que ya no tenía que esforzarse para contener su energía, porque los números le decían lo que debía gastar cada día para no sobrecargarse. Una vez controlado esto, quiso dar un paso más adelante e intensificó su entrenamiento de control mental, consiguiendo perfeccionarlo a pesar de su corta edad.

Tal como le dijo Liana, en cuanto comprobó lo que era capaz de hacer, su seguridad se fortaleció y empezó a explorar el manejo de su energía de diferentes formas.

Lo siguiente fue comenzar a enseñar a los demás cómo hacer las ondas, convirtiéndose así en una de las entrenadoras más jóvenes de la ciudadela.

7

HERIDAS INTERNAS

Un año había pasado y Axel, que se hacía llamar Roy, se había convertido en un niño apático, frío y distante con todos, menos con su abuelo, que se esmeraba en darle una vida amena, tranquila y estable.

En cuanto empezó a estudiar, Abel abrió un pequeño taller cerca de su cabaña y se dedicó nuevamente a reparar motores. No era muy amiguero, pero sí educado, eficiente y cooperador, y eso le hizo ganarse la simpatía y el respeto de sus vecinos y clientes, quienes le conocían por Bill.

Axel había intentado en varias ocasiones convencer a su abuelo para estudiar en casa, pero este le decía que debían guardar las apariencias y, como cualquier otro chico de su edad, estaba obligado a asistir a clases.

Aunque cumplía con sus deberes, Axel no se molestaba en disimular afinidad; hablaba poco, nunca bromeaba y tampoco se prestaba a hacer nada a lo que no estuviera obligado. Durante los descansos se dedicaba a leer cosas que sí eran de su interés y al sonar el timbre de salida se iba directamente al taller de su abuelo, donde le ayudaba hasta el cierre.

Abel le sugería que tuviera otras aficiones o que hiciera amigos, pero Axel no mostraba ningún interés en considerar sus recomendaciones. Los fines de semana eran lo único que le animaba. Se levantaban temprano y se alejaban del pueblo, hasta donde nadie más llegara, entonces entrenaban y luego, dependiendo de la estación, pescaban, exploraban o simplemente se sentaban a admirar la belleza de las auroras boreales.

Se entendían muy bien, un gesto o una mirada eran suficientes para interpretarse, así que apenas conversaban; reservaban sus charlas para sus caminos de ida o de regreso y cuando trabajaban era cuando más se comunicaban con los demás, sobre todo si alguna vez llegaba algún entendido con el que intercambiar información provechosa.

Tal como a su abuelo, a Axel se le daban bien los motores y todos se sorprendían de que siendo tan chiquillo tuviera esas destrezas; casi siempre lo elogiaban por ello, pero a él no le gustaba que lo hicieran y no ocultaba su incomodidad. Tampoco le gustaba que le hicieran conversación y, si no tenía nada que ver con el trabajo, respondía de manera cortante y seca. Abel tenía que estar corrigiéndolo constantemente y se preocupaba por la dirección que su carácter estaba tomando.

A menudo, le hablaba sobre la tolerancia y el perdón, pero a Axel le costaba lidiar con eso. Él no quería odiar, pero su corazón albergaba más rencor que amor y para él todos representaban una amenaza.

Un día, en una de sus habituales excursiones de fin de semana, oyeron a unos perros ladrar incesantemente. Iban a pasar de largo, pues no era raro verlos tirando de trineos durante esa época del año, pero pudieron percibir sentimientos de preocupación y Abel decidió desviar su trayecto para echar un vistazo. A medida que se acercaban fueron encontrando rastros de sangre en la nieve y finalmente avistaron a dos chicos jóvenes asistiendo a un herido.

Cuando Abel se acercó para ofrecer su ayuda, vieron que se trataba de uno de los canes, y aquello sorprendió a Axel. Era un siberiano adulto, blanco con manchas grises oscuras, llamado Flekker; parecía un lobo, pero ellos actuaban como si se tratara de un familiar querido. Se quitaban su propio abrigo para ofrecerle calor y algo de comodidad, le hablaban para animarlo como si dieran por hecho que él podía entenderlos y la angustia que sentían por él se podía percibir a metros de distancia. Era el último de su fila y la argolla del arnés que lo unía al resto de sus compañeros se desprendió en plena carrera, provocando un accidente que se había ensañado con él; estaba golpeado por todas partes, tenía una pata y una costilla fracturadas e incluso respirar le resultaba doloroso. En su intento por ayudarlo, probaban alguna que otra maniobra para meterlo en el trineo sin agravar más la situación, pero cuando parecía que ya iban a conseguirlo, gritaba y sus compañeros, inquietos, empezaban a ladrar, entonces desistían de su intento para estudiar otras opciones. Llevaban así ya un rato y la agonía de Flekker caló profundamente en Axel, ocasionándole un impulso irrefrenable por asistirlo.

—¡Debemos hacer una camilla! —exclamó su abuelo con determinación—. ¡Necesito cuerdas y palos de un metro y medio de largo, a ser posible del mismo grosor! ¡Apura, chico! —le gritó a su nieto—. Pon hielo sobre las heridas, eso reducirá el dolor y la hinchazón ¡Espabila!

Vamos a entablillarlo, ya sabes lo que hay que hacer.

Abel nunca le hablaba así y Axel nunca había hecho entablillados, conque comprendió que estaba haciendo un papel para darle la oportunidad de acercarse a curarlo mientras los otros dos chicos buscaban las cosas que había pedido.

Con las prisas que metía Abel no les dio tiempo a reparar en lo que hacía Axel ni en la repentina mejora de Flekker, quien en sus condiciones iniciales no habría podido sobrevivir a ese viaje, de hecho, habría sido una muerte tortuosa, porque los bordes irregulares del hueso fracturado de su costilla habrían desgarrado aún más su interior con cada movimiento e incluso también el pulmón, que, aunque no se había rasgado con el golpe, estaba expuesto. Y su pata delantera, que tenía una fractura abierta y pendía de sus ligamentos, nervios y tendones, se habría sacudido varias veces, lo cual le habría hecho padecer.

Axel poseía un gran don de sanación y, a pesar del poco tiempo que tuvo, consiguió restablecer los huesos, luego subsanó las heridas internas, dejando solo las visibles para que los veterinarios tuvieran algo que curar y, finalmente, con la ayuda de su abuelo, lo entablilló y ayudó a fijarlo en la improvisada camilla que le habían hecho.

El trineo partió entonces y Flekker, que había estado sufriendo intensos dolores hacía casi una hora, estaba agotado, así que durante el camino se quedó dormido.

—Buen trabajo —dijo Abel—. Vi que dejaste heridas abiertas.

—Sí —respondió Axel.

—Habrás hecho lo mismo con los huesos, ¿no?

—¿Qué?

—No los habrás regenerado del todo, ¿verdad? —Axel no respondió—. ¿Lo hiciste?

—Sí, puede que sí —dijo agobiándose.

—Pero, Axel, ¡el hueso de la pata se le podía ver! Le harán radiografías. ¿Qué crees que van a decir cuando vean los resultados?

—Lo siento. Tienes razón. Quería quitarle el mayor daño posible y no lo he pensado.

—Está bien. Cálmate. No perdamos el tiempo con esto. Solo hay una veterinaria en el pueblo, vamos para allá. Lo arreglaremos.

Al llegar, solo la recepcionista estaba en la consulta. Iban a acercarse para preguntar y justo entonces salió uno de los veterinarios, Kaali, un inuit que, al igual que ellos, tenía una personalidad algo hermética.

—¿Sí? ¿Puedo ayudarles?

—Hola —saludó Abel—. Venimos por un perro de trineo. Un siberiano gris. ¿Está aquí?

—Sí. Mi compañera lo está tratando. ¿Ustedes son los que lo entablillaron?

—Sí, bueno, ayudamos —contestó restándole importancia—. ¿Cómo está?

—Bastante mejor de lo que se espera en estos casos.

La manera en la que lo dijo no les gustó nada, y la forma en la que los miró, menos, pero ellos, por supuesto, fingieron alivio y dijeron que les alegraba saberlo.

—¿Podemos verlo? —preguntó Abel buscando la oportunidad de quedarse a solas con los veterinarios.

—En cuanto sea posible les avisaremos.

Abel quiso dominar su mente para que los hiciera pasar de inmediato, pero la consulta era demasiado pequeña y la recepcionista estaba muy cerca. Además, algún otro podría entrar en cualquier momento, así que se contuvo.

—Muy bien. Esperaremos entonces —respondió.

Ambos se sentaron simulando tranquilidad.

—Sería muy fácil —dijo Axel en voz baja—. Yo puedo

dominar la mente de la recepcionista y tú hazte cargo de la de él.

Kaali, que estaba haciendo unas anotaciones, sintió los murmullos y no pudo evitar observar a Axel con detenimiento por encima de sus gafas. Abel intentaba aparentar impasibilidad, pero su intranquilidad se acrecentó al notar cómo analizaba a su nieto. Axel, entonces, que no soportaba que nadie lo intimidara, se puso a la defensiva y le plantó la mirada al veterinario.

—Relájate, hijo —dijo Abel apretando un poco la nuca de su nieto—. Ya oíste lo que ha dicho. Está mejor de lo que creíamos, ¿cierto?

—Cierto —dijo Lidia, la veterinaria que había estado atendiendo a Flekker. Su cabello largo, canoso y recogido de manera casual hacía juego con sus hermosos ojos grises, y su carácter cálido y sociable contrastaba con el de su compañero—. Tiene múltiples contusiones y la pata fracturada, además, ya no podrá seguir tirando de trineos, pero no será necesario sacrificarlo.

Abel respiró aliviado al oír eso. Axel se quedó extrañado.

«¿Tan mal lo hice?», pensaba.

—Habría que empezar a buscarle una familia que quiera

adoptarlo —añadió Lidia.

—¿Una familia? —preguntó Axel saliendo de sus pensamientos—. ¿Y sus dueños?

—¡Por aquí! —respondió haciendo aspavientos con un brazo Shelby, una mujer mayor que había estado sentada todo ese tiempo detrás del mostrador, tan silente que no la habían sentido.

Abel y su nieto se giraron sobresaltados.

—Desde luego, todos nuestros perros tienen un lugar en el albergue —dijo al tiempo que se levantaba para acercarse—, pero siempre es una bendición encontrarles una familia responsable donde los traten bien y los saquen a pasear, porque son perros muy activos y cuando dejan los trineos echan de menos todo eso.

—¿Por qué? —preguntó Axel fingiendo inocencia para poder desquitarse a base de preguntas incómodas, pues le había indignado saber que regalaban a sus perros en cuanto ya no podían tirar de los trineos—. ¿Solo los tratan bien mientras trabajan?

—¿Cómo? —dijo la mujer algo sorprendida.

—Ha dicho «donde los traten bien y los saquen a pasear, porque cuando dejan los trineos echan mucho de menos todo eso».

Su papel de ingenuo coló y a todos les hizo gracia la errónea manera en la que supuestamente había interpretado lo que había dicho Shelby, pero Abel, que lo conocía bien, supo de inmediato lo que pretendía y le echó una mirada de advertencia.

—Y dígame —dijo, listo para su siguiente ataque.

—Ya basta, Axel. No molestes a la señora con tantas preguntas.

—¡Oh, no! A mí no me molesta —respondió ella de inmediato—. De hecho, me gusta hablar con niños; son ocurrentes, divertidos y honestos. Ven las cosas de manera más sencilla y práctica. Anda, dime, ¿qué me ibas a preguntar?

Axel notó que estaba alterando nuevamente a su abuelo, entonces reculó.

—No, nada.

—¿Seguro? Pensé que querrías saber por qué los damos en adopción. Yo querría saberlo —incitó Shelby logrando que picara.

—¡Ah, eso! He supuesto que porque ya no les sirven.

Un silencio incómodo se tornó en la rústica consulta de madera, repleta de frascos de vidrio de distintos tamaños con etiquetas y leyendas que Kaali había escrito y ordenado alfabéticamente.

—No. Claro que no —respondió sin alterarse, pero con algo de seriedad, pues no se esperaba esa respuesta tan cruda—. Yo los quiero mucho a todos, eso dalo por descontado, pero mi ritmo ya no es el de antes. Ahora mis paseos son cortos y aburridos. Eso es así. Por eso les doy la oportunidad de ir con una familia que pueda ofrecerles toda esa actividad que yo ya no puedo darles, y te aseguro que lo hago en agradecimiento a todos sus años de servicio, no para deshacerme de ellos. —Axel la observó por un segundo y acto seguido le esquivó la mirada—. ¿Tú tienes mascotas? —le preguntó Shelby.

—No —respondió, negando además con la cabeza.

—Pero habrás tenido alguna.

—No —dijo intentando no sonar borde, pero sin devolver aún la mirada.

—¿Y te gustaría?

Axel no respondió. No estaba seguro de qué contestar, pero se notaba que lo estaba considerando. Shelby vio la posibilidad, entonces decidió poner la balanza a su favor.

—Flekker es cariñoso, juguetón y muy protector. No es precisamente un cachorro, pero tiene más de diez años de adiestramiento, y eso lo compensa. —Axel casi esbozó una sonrisa—. Si te animas, ya lo sabes —dijo sintiéndose victoriosa—. Bueno, y si tus padres están de acuerdo, claro —añadió.

Aquellas últimas palabras desvanecieron la ligera sonrisa que se había formado en su rostro.

—Sus padres no… —dijo Abel parándose sin terminar la frase—. Solo estamos nosotros.

Shelby se quedó sin reacción. Normalmente, su carácter resuelto le ayudaba a salir bien parada de sus metidas de pata, pero en esta ocasión no fue capaz de improvisar nada. Abel, que podía percibir perfectamente cómo se sentía, le sonrió.

—Me llamo Bill —dijo extendiéndole la mano—. Soy su abuelo.

—Yo soy Shelby —respondió estrechándole la suya mientras lo miraba con gesto de lamentar el inoportuno comentario, y Abel meneó la cabeza en señal de que se despreocupara.

—Él es Roy —añadió presentando a Axel.

Este los miró e hizo un ademán de saludo que le quedó de pena, pero todos valoraron el intento de ser cordial.

—Flekker está dormido y lo estará durante un rato más

—comentó Lidia intentando sacarlos de esa incómoda situación—, pero, si lo desean, ya pueden pasar a verlo.

Los tres se acercaron, pero Kaali dijo que solo podían entrar dos visitantes por turno. Axel miró a su abuelo y este asintió para que prosiguiera.

Mientras Lidia daba una breve explicación sobre el estado de Flekker, Shelby y Axel lo observaron en silencio; llevaba la pata enyesada, estaba sedado y la lengua le colgaba.

—¿Cómo dijo que se llama? —preguntó Axel—. ¿Fleguer?

—Flekker —respondió Shelby—. Con doble K. Significa «manchas» en Noruego.

—Manchas —repitió al acercarse para acariciarlo.

En ese momento la campanilla de la entrada sonó. Eran los chicos del trineo, que regresaban de haber dejado al resto del grupo en el albergue.

—Esos son mis nietos —dijo Shelby—. Debo irme. ¿Cuánto tiempo deberá quedarse?

—Aún es pronto para saberlo —respondió Lidia—. Pero sí te diré que está respondiendo muy bien y que seguramente salga antes de lo previsto.

—¡Vaya! ¡Qué bien! A los chicos les alegrará saberlo —

dijo mientras salían de la sala.

Axel también salió. En la recepción estaban los hermanos conversando con su abuelo y tras pasar a ver a Flekker, se dispusieron a marcharse.

—Muchas gracias por todo —dijo una vez más Shelby a los veterinarios antes de salir.

—De nada —respondieron.

—Gracias a ustedes también —dijeron los nietos a Abel y Axel—. No lo habríamos conseguido sin su ayuda.

—No ha sido nada —respondió Abel.

—¡Ya te digo que sí! —dijo uno de ellos—. Tenía la pata partida. El hueso estaba afuera, ¿cómo hicieron para enderezarlo?

—¡Cierto! —dijo el otro reparando en ello.

—Bueno —interrumpió Lidia—. Tampoco estaba completamente enderezado, pero sin duda hicieron un buen trabajo con el entablillado. Eso debe haber ayudado a que vuelva a su lugar.

—Además, la fractura era limpia —dijo Kaali—. De haber tenido astillas, no habría sido posible.

—Sí —corroboró Lidia—. No suele suceder, pero todo ha jugado a su favor. Ha tenido mucha suerte.

—Es que Flekker ¡es un afortunado! —dijo Shelby

dirigiéndose a la puerta.

—¡Y tanto! —respondieron sus nietos siguiéndola.

Con los hechos justificados y avalados por ambos veterinarios, Abel y Axel pensaron que ya no hacía falta hacer nada y también se despidieron, pero Lidia y Kaali les pidieron que se quedaran un poco más, pues tenían algo que mostrarles.

Aquello volvió a alertar a Abel y dudó si debía acceder, pero al ver que la recepcionista también se iba, pensó que era el momento que había estado esperando.

—Estas son las radiografías de Flekker —dijo Lidia mostrándoselas—. Según esos chicos, el hueso sobresalía y lo creo por la herida que he tenido que suturar, sin embargo, como pueden ver aquí, está entero. Ni siquiera tiene fisuras.

Abel tragó la saliva.

—Lo mismo con la costilla —continuó—. Cuando llegaron, nos dijeron que les parecía que también estaba rota, pero en las placas tampoco aparece nada.

Axel quiso contestar, pero su abuelo se le adelantó al tiempo que le indicó con un gesto que no se metiera.

—Pues no sabría qué decirle. Yo no entiendo de estos temas, y mi nieto, aún menos. En todo caso, ¿por qué nos lo cuenta a nosotros?

La mirada de Lidia fue tan expresiva que no hizo falta que respondiera nada. Abel intentó entonces dominar su mente, pero ni bien empezó, ella lo bloqueó. Aquello lo desarmó por completo y Axel, sobresaltado, no dudó en interponerse entre ellos.

—Tranquilo, chico —dijo Kaali con voz apacible—. No pretendemos hacerles daño. Solo queremos ayudar.

—La cantidad de errores que han cometido, podrían haberlos puesto en la mira de todos —dijo Lidia sin más rodeos.

Ninguno contestó nada.

—No necesitamos preguntar por qué están aquí solos, ya nos lo imaginamos. Este es un buen lugar para esconderse, lo sabemos, pero si quieren continuar como hasta ahora, no pueden volver a hacer algo así. Los rumores vuelan, y en pueblos pequeños como este, aún más rápido.

Abel, que estaba confuso e indeciso, no sabía cómo reaccionar, entonces Lidia optó por tranquilizarlo.

—Me llamo Lidia, aunque aquí todos me conocen como Marian, y él es Kaali, pero se hace llamar John. Como ustedes, y seguramente por las mismas razones, hemos tenido que refugiarnos aquí.

Al decir esto, dejó ver su energía y Abel sintió que le quitaban un gran peso de encima.

—¿Por qué no han empezado por allí? —dijo Axel exaltado.

—No podíamos ser tan directos. Estaba bastante segura de que no me estaba equivocando; solo existe una forma de que un hueso se regenere así en tan poco tiempo, pero de todos modos debía asegurarme.

—Entonces ustedes…

—No —interrumpió—. Solo yo.

Abel contuvo el aire. No pudo disimular su reticencia hacia Kaali y la reacción de Axel fue incluso peor.

—Me fío completamente de él —dijo Lidia defendiéndolo antes de que dijeran nada—. Es mi amigo, mi compañero y mi pareja, y sé que me protegería con su vida si fuera necesario. Igual que yo a él.

Era cierto. Kaali era una persona en la que podían confiar. Tenía una forma de ser aparentemente fría porque también le había tocado pasar por cosas muy duras, pero en el fondo seguía siendo una persona muy noble y con un gran sentido de la lealtad. Para Abel, su amistad fue un regalo y estaba agradecido de tenerlos en su vida. A Axel, sin embargo, le costó un poco más aceptarlos, pensaba que ella era una ilusa por confiar en él y que por su culpa terminarían todos como el resto de su familia, pero con el tiempo la figura materna de Lidia y la calidad humana de Kaali consiguieron hacerle cambiar de opinión y, aunque aún no se había liberado de todo su resentimiento, su personalidad empezó a dar un giro favorable. Otros que también ayudaron mucho fueron Shelby y su familia, pues tras adoptar a Flekker se visitaban con frecuencia; el pobre Flekker tuvo que aguantar tres meses enyesado para simular la soldadura de su hueso, pero, en cuanto se lo quitaron, Axel lo llevaba a todas partes. Era un compañero fantástico, listo, cariñoso y divertido. Además, era sociable, y cuando alguien quería acariciarlo, este se dejaba y Axel podía percibir los sentimientos de amor y ternura de esa gente. Lamentablemente, a su amigo no le quedaba mucho tiempo. El día que se conocieron debía haber sido el último de su vida, pero gracias a la energía que le había aportado, esta se prolongó un poco más. Tres años más. Y durante ese tiempo, Flekker consiguió devolverle el favor, subsanando también, en gran parte, sus heridas internas.

8

SEÑALES

La pérdida de Flekker marcó mucho a Axel, aparte del vacío interior, se encontró sin nada que hacer, pues había estado realizando toda una serie de actividades basadas en él. Todos querían animarlo y, por supuesto, no tardaron en conseguirle una nueva mascota, cosa que agradeció, pero no la aceptó, porque aún no se sentía preparado para eso.

Empezó entonces a retraerse nuevamente y su abuelo notó que alejarse de todos y de todo era la forma en la que lidiaba con el dolor. Aquello le preocupó, porque si no aprendía a sortear sus bajones de otro modo, estaba condenado a la soledad y al aislamiento.

—Siempre está muy solo.

—Hay gente que es así, Abel —afirmó Kaali con ánimo de tranquilizarlo.

—Él no. Empezó a actuar de esa manera desde lo de

sus padres y no quiero irme de este mundo dejándolo así.

—¿Irte? —intervino Lidia—. ¿A qué viene eso?

—No sé. Creo que me estoy debilitando. Mi energía ya no es lo que era y no puedo dejar de pensar en qué va a ser de Axel cuando ya no esté. Mírenlo. Si está así por un ser con el que ha congeniado unos pocos años, imagínense cuando yo… —Abel no fue capaz de terminar la frase.

Lidia sintió su dolor y fue como si le estrujaran el corazón.

—Pero ¿qué dices? Estás en mucho mejor estado que nosotros —dijo Kaali.

—Y de más está decirte que Axel no se quedaría solo. Nosotros cuidaríamos de él —añadió Lidia.

—Lo sé, y lo agradezco infinitamente, pero ninguno de nosotros es eterno. Entiéndanme lo que digo. Los tres sabemos lo que es vivir en soledad. Me mortifica pensar que él se quedará así, y es que, viendo cómo es, no solo no luchará por alejarse de esa situación, él se entregará a eso.

Tras decir esto, los tres se quedaron sumidos en un silencio absoluto, pues en efecto todos habían experimentado aquello de lo que hablaba y sabían perfectamente a lo que se refería.

Lidia tenía algo en mente, pero no se atrevía a comentarlo. Era una idea que la había obsesionado por años. Un sueño frustrado al que le había costado renunciar y se había prometido a sí misma no volver a perseguirlo, porque justamente por hacerlo es que terminó sumergida en esa triste soledad de la que hablaba Abel. Kaali, que la conocía bien, casi podía oír sus pensamientos.

—Ya estamos otra vez —le dijo.

Ella sonrió.

—¿Qué? —preguntó Abel saliendo de su abstracción.

—Nada —contestó ella—. Es una tontería.

—¿Qué más da si es una tontería? Necesitamos salir de este estado, cualquier cosa servirá. ¿Qué es?

—Pensaba en algo que escuché cuando era niña y con lo que me obsesioné por años. Un lugar idílico en la selva donde viven seres como nosotros en comunidad. Cientos de ellos.

—¿Y dónde escuchaste eso?

—Un amigo de mis padres nos lo contó, no era un amigo cualquiera, ellos crecieron juntos, era uno más de la familia. Le gustaba viajar, explorar. Se iba por largos meses, pero siempre regresaba cargado de regalos y anécdotas. En una ocasión tardó años en volver. Mis padres estaban preocupados por él y se temían lo peor, pero entonces, de repente, apareció. Recuerdo bien ese día. Nos alegramos mucho de verlo, él también estaba feliz de vernos. Se pasó horas hablando sobre un lugar en el Amazonas, tan escondido que era imposible dar con él sin las indicaciones adecuadas.

»Dijo que se había convertido en su hogar y que solo había salido de allí porque quería compartirlo con nosotros. Quiso llevarnos, insistió mucho, pero mis padres no aceptaron. Pensaron que si allí solo había seres de nuestra especie, llegaría el momento en el que los descubrirían y los atraparían a todos. Así que prefirieron continuar viviendo como lo hacíamos. Aun así, él les dio las indicaciones y yo las memoricé, o eso creí, pero está claro que algo hice mal, porque no he conseguido encontrarlos.

—¿Y qué indicaciones eran?

Lidia resopló.

—No me has escuchado, Abel. Nunca encontré ese lugar.

—Sí, pero ¿cuáles fueron las indicaciones que oíste?

—No he debido decir nada.

—Oh, ¡vamos! ¿Me vas a dejar con la intriga?

—Yo he estado en muchos lugares extremos, Abel. Este mismo lugar es un ejemplo y créeme cuando te digo que ninguno ha sido más duro, más agobiante o más peligroso que ese. Hay que dormir con un ojo abierto y el otro cerrado, mirar bien dónde pisas al caminar, dónde te sientas, ver bien lo que vas a tocar, beber o comer. Yo no se lo recomendaría a nadie, y menos a un amigo.

—Ya, pero en el caso de que se me diera por ir, y no digo que lo vaya a hacer, no dejarías que lo hiciera a ciegas, ¿verdad?

—Es que ese es el problema. No sé qué indicaciones dar, porque nunca encontré ese lugar. Y te aseguro que casi muero en el intento. No quiero darte un montón de escritos y mapas que no llevan a ninguna parte.

—Y esos escritos y mapas, ¿los hizo él?

—No, nunca. Dijo que no debían hacerse. Yo los tengo en mi cabeza.

—¿Y les comentó cómo llegó allí?

—No llegó solo. Lo llevaron. Inconsciente. En una de sus travesías fue mordido por una serpiente y cuando despertó estaba allí. Esa gente lo salvó.

Abel no insistió más, porque percibió que la frustración de su amiga iba en aumento, así que cambió el tema, pero sintió con todo su ser que si un lugar así existía, debía intentar encontrarlo al menos una vez, y unos días después se echó a la aventura con su nieto.

Una noche antes de partir, Lidia le entregó un cuaderno lleno de anotaciones, lo había cosido y forrado en cuero y además iba metido en un morral del mismo material para que pudiera llevarlo siempre con él y protegerlo de la humedad. Le repitió varias veces que tras usarlo lo guardara siempre allí para que no se estropeara. También recalcó que se hicieran de unas buenas botas de excursión, repelente y calcetines, porque era importante que protegieran su piel y sus pies. En el cuaderno escribió muchas otras recomendaciones y hasta le dibujó mapas de lo que recordaba, eso sí, todo en clave, y mientras le enseñaba cómo interpretarlo Kaali tuvo una charla con Axel. Le contó un poco sobre las cosas más difíciles por las que había tenido que pasar con el fin de explicarle que, pese a todo lo malo que le puedan hacer a alguien, de este depende dejarse consumir por el rencor y la autocompasión o despojarse de esos sentimientos tóxicos para acceder a la superación.

—¿Recuerdas la leyenda que te conté sobre los lobos?

—Sí.

—¿Me la cuentas? Quiero saber con qué te has quedado.

—Un abuelo le dice a su nieto que todos tenemos dos lobos combatiendo en nuestro interior. Uno, oscuro y violento. El otro, amable y noble. Cuando el nieto le pregunta por el vencedor, le responde que el que es alimentado.

—Pues eso. Serás lo que alimentes. Nunca lo olvides.

—No lo haré.

Abel prometió que, si encontraba ese lugar, se ocuparía de llevarlos, y Lidia les dijo que, si lo hacían, debían quemar los mapas.

Cuatro meses después, Abel continuaba con su propósito en pie. Axel hacía mucho que había desistido de continuar, pero jamás habría dejado solo a su abuelo, conque lo seguía a regañadientes.

Primero siguieron las rutas que Lidia les había indicado

y, al no encontrar nada, Abel comprendió el porqué de su frustración. Había sido muy duro, y todo para nada.

—Tendría que estar por aquí y por alguna razón no lo vemos —decía.

Con todas las fuentes de información agotadas, Abel no quiso darse por vencido y decidió buscar por los alrededores de cada zona marcada en el cuaderno. La idea no era mala, el problema es que les faltaba un dato muy importante. Ellos no sabían qué debían preguntar a los nativos, de hecho, creían lo contrario, pensaban que la ciudadela estaba lejos de toda civilización, así que cuando encontraban a alguno o a alguna de sus comunidades, se alejaban de la zona para volver a buscar una completamente despoblada.

Los consejos minuciosamente escritos por Lidia les evitaron desde un principio cometer varios errores, pero aun así en algunos otros cayeron. Por fortuna, Abel contaba con un gran sanador al lado, porque sin este añadido su travesía no habría durado tanto.

Dos meses más transcurrieron y el empeño de Abel no había menguado en absoluto, aun así, tuvieron que verse obligados a salir de la selva cuando una oleada de incendios los sorprendió. Axel no comprendía qué más necesitaba su abuelo para entender que ese no era un lugar seguro, pero aquella pausa le vino bien. Recargaron fuerzas y al volver trajeron consigo varios complementos de gran utilidad. Tres meses más adelante, Axel estaba tan molesto como preocupado por la necedad de su abuelo, quien cada vez dormía más, pero en cuanto se ponía de pie no paraba hasta que la tarde empezaba a caer. Eso sí, ambos se estaban convirtiendo en unos expertos exploradores y sabían bien qué recolectar durante sus recorridos para utilizarlo después en sus refugios. Unas ligeras y prácticas tiendas de campaña se convirtieron en grandes aliadas, aunque nunca las dejaban a la intemperie, antes construían un buen fuerte donde resguardarlas y ciertamente eran muy sólidos y seguros; los hacían cada atardecer, conque adquirieron mucha práctica. Luego, al marcharse, bastaba con que quitaran un par de pilares para que todo se viniera abajo.

La comida también había dejado de ser un problema, Axel había aprendido a trepar con gran destreza y conseguía los frutos que en un inicio solo podían quedarse mirando. Habían aprendido también a pescar usando su luz de cebo y a distraer a las abejas para poder comer un poco de la miel de su panal cuando este era lo suficientemente grande como para no destruirlo. Los carnívoros y los reptiles no les daban tantos problemas como habían imaginado, parecían ser comprensivos con su situación y nunca los atacaban, si eso, solo los observaban; los insectos, sin embargo, sí eran despiadados y conseguían desarrollarles sentimientos muy oscuros.

Había tanta humedad que el calor se hacía agobiante y ambos se sorprendieron en más de una ocasión echando de menos la nieve y el frío polar. Hablaban mucho, no había nada más que hacer, también discutían. Axel le repetía que volvieran, argumentando que allá estaban bien, pero lo cierto es que el único que sí que lo estaba era Abel; tenía su taller, sus clientes, amigos que le alegraban la vida y en los que podía confiar plenamente y, por supuesto, a su amado nieto a su lado, pero no podía pensar solo en él. El porvenir de Axel estaba por encima de todo y estaba dispuesto a dejarse la piel y luchar hasta su último suspiro con tal de dejarlo en buenas manos. Abel rezaba. Rezaba mucho. Pedía con fervor un milagro, una señal, fuerza, tiempo, energía, y no era ignorado, pero el pobre no sabía darse cuenta de las señales; los veía pasar, incluso alguna vez lo saludaron y devolvió el saludo, pero no quería molestarlos, así que mantenía las distancias.

Una noche, mientras avivaba el fuego, oyó a alguien cantar; era un niño nativo que corriendo se había torcido el tobillo y, como no podía caminar a buen ritmo, le había caído la noche encima. Al no poder ver, se desorientó y, adolorido, cansado, confuso y asustado se acurrucó cerca de un árbol y para darse valor empezó a entonar una melodía. A Abel, desde luego, eso le extrañó y se levantó para avisar a Axel, pero este ya lo había oído.

—¿Es un niño?

—Eso parece.

—¿Deberíamos salir a ver?

—No lo sé.

Ambos se quedaron un rato escuchando cuando de pronto dejó de cantar. Pasaron unos minutos y de repente empezó otra vez. Esta vez se le entrecortaba la voz. Parecía sollozar.

—Debo ir —dijo Abel sin soportarlo más—. No puedo quedarme aquí escuchando.

Axel lo siguió. Tomaron unas antorchas y salieron en busca del pequeño. No estaba lejos. Su voz los guiaba y a medida que se acercaban percibieron lo asustado y triste que estaba, entonces lo vieron y la luz de sus antorchas lo hicieron callar.

—Hola —dijo Abel acercándose despacio.

El niño no lo entendía y, desde luego, estaba aterrorizado. A Axel le hizo gracia notar que las sombras que se le dibujaban en el rostro a su abuelo, debido al movimiento del fuego de la antorcha, no le favorecían, entonces levantó más la suya y la luz aclaró la visión del pequeño, generándole cierto alivio.

—Creo que tiene el pie inflamado —dijo dándole su antorcha a su abuelo—. Voy a echarle un vistazo.

Al acercarse, el niño se encogió intimidado, pero Axel levantó las manos para que viera que estaban vacías, luego señaló sus propios ojos y después su pie para indicarle que quería revisarlo.

—¿Y? —preguntó Abel.

—No hay heridas ni fracturas, debe ser solo un esguince.

No tardó en sanarlo, pero en vez de que esto calmara al

niño, lo horrorizó. Pensó que se trataba de un demonio de la selva de los que tantas veces había oído hablar. Cuando Axel se dispuso a limpiar su mente, el pequeño de inmediato le retiró la mirada, entonces, viendo que no había forma de establecer contacto visual con él, se acercó para sostenerle la cabeza y en cuanto lo tocó este pegó un grito de auténtico terror y salió disparado. Axel quiso seguirlo, pero Abel lo retuvo.

—No hagas eso. Lo matarás del susto.

—Ah, pues muy bien. Ahora se lo dirá a toda su tribu.

—Si te soy sincero, estoy más preocupado por él que por lo que pueda decir. ¿Cómo va a defenderse solo allí afuera? Es solo un niño pequeño —lamentó Abel—. Ni siquiera se llevó una antorcha.

Axel no respondió. Comprendía y percibía la preocupación de su abuelo, pero también le preocupaba lo que el niño pudiera contar. Y, en efecto, así fue. En cuanto encontró su comunidad, lo contó todo. Estaba seguro de que lo había tocado un demonio y pensaba que había pretendido meterse en su cuerpo. Los rumores, entonces, empezaron a correr de comunidad en comunidad y cuando llegaron a una de las que sabían de la ciudadela, dedujeron que se trataba de ellos, sin embargo, les extrañó que estuvieran tan lejos de su zona y sospecharon que podría tratarse de unos de afuera intentando dar con ella, así que decidieron salir a buscarlos. Antes, se aseguraron de devolver los rumores con la advertencia de que no debían fastidiarlos, porque si intentaban hacerles daño, los enfadarían, y sus espíritus los atormentarían por el resto de sus vidas.

Cuando dieron con ellos empezaron a seguirlos para confirmar sus sospechas. Como era evidente que algo estaban buscando, concluyeron que era la ciudadela y decidieron intervenir.

—Hola —dijeron en su idioma.

—Hola —respondieron extrañados.

—¿Hablan mi idioma? —preguntó Abel.

—Hablamos muchos idiomas, somos guías de turismo.

—Ah. Pues mucho gusto.

—Por cierto, este no es un lugar turístico.

—Y nosotros no somos turistas —contestó Axel en un tono algo borde, pues no le gustó que le dijeran eso a su abuelo. Sin embargo, los nativos no se ofendieron.

—¿No lo son?

—No. Somos exploradores —dijo Abel.

—Ah. Pero esta tampoco es zona para exploradores.

—Ah, ¿no? —preguntó Abel—. ¿Y por qué?

—Porque es una zona de comunidades nativas y ellos necesitan su intimidad.

—No hemos visto ninguna comunidad, pero si lo hacemos nos alejaremos, se lo aseguro —respondió Abel.

—Si nos dicen lo que buscan, quizás les podamos ayudar —dijo uno de los nativos lanzando una indirecta.

—Si necesitáramos ayuda, se la habríamos pedido —contestó Axel con su típica escasa paciencia ya agotada.

—¿No la necesitan, entonces?

—No, gracias —respondió Abel—. Estamos bien.

Los nativos se dieron vuelta para marcharse, pero entonces uno volvió a girarse.

—No estarán buscando unos entrenadores, ¿verdad?

Los dos negaron con la cabeza.

—Muy bien —dijeron alejándose.

Sin embargo, no dejaron de seguirlos. Una noche pudieron ver a Axel usando su energía para curar a su abuelo; lo hacía a menudo para quitarle cualquier mal y, ya de paso, dotarlo de energía, porque, ciertamente, cada vez estaba más débil. Al ver eso, ya no tuvieron más dudas y dos de ellos se fueron a la ciudadela para informarles.

—¿Cuántos son?

—Dos. Uno mayor y el otro joven.

—¿Están seguros?

—Sí. Son como ustedes.

—¿Cómo lo saben?

—Hemos visto lo que han hecho —dijo uno de ellos bajando la mirada.

—Lo de la luz —aclaró el otro más osado, aunque también cuidándose de no hablar demasiado.

—Hemos intentado ayudarles, pero no se dejan.

—Sobre todo el menor, es bastante arisco.

—Muy bien, gracias por la información.

—Hay algo más. Algo le pasa al mayor.

—¿Por qué lo dicen?

—Por su forma de andar, de respirar. No se le ve bien.

—Mejor si viene un maestro sanador, entonces. Busquen a Rina.

La comitiva se puso en camino y cuando los hallaron pudieron comprobar lo dicho por los nativos. La energía de Abel era bastante débil, aunque físicamente no tenía ni un rasguño. Axel había hecho un buen trabajo.

Abel no se lo podía creer. Cada mañana al despertar pensaba que había sido un sueño y, al comprobar que no era así, se volvía a emocionar. Estaba la mar de contento e impaciente por recuperar fuerzas para ir por sus amigos. Deseaba poder traerlos con todo su corazón, pero cada día se debilitaba más y, lamentablemente, no había nada que se pudiera hacer por él. Una energía donada era solo como una bebida caliente en un día de invierno, reconfortaba su cuerpo, pero esta se acababa, se enfriaba. Su cuerpo ya no la retenía ni la generaba como antes. Aun así, él mantenía el ánimo bien levantado, más aún tras comprobar cómo era todo allí. En muy poco tiempo se ganó el cariño de todos y le prometieron que honrarían su esfuerzo cuidando bien de Axel y enseñándole todo cuanto sabían.

Abel llenó las hojas en blanco del cuaderno de Lidia con sus propias vivencias y en la última agradeció infinitamente haberlos conocido y que hubiera compartido, aun en contra de su voluntad, todo cuanto le había dicho. «Aunque no hubiera encontrado este lugar, ya habría vivido una última gran aventura en la selva. No me arrepiento de nada, lo único que lamento es no poder traerlos personalmente», fueron sus últimas líneas.

Axel no quería quedarse ahí, pero traer a Kaali y Lidia no fue lo único que le prometió a su abuelo. Le había asegurado que iría por ellos y que volvería para completar su entrenamiento. Quizás solo para no alterarlo, quizás sin mucha convicción, pero una promesa es una promesa y él la había hecho.

9

AURORAS

Cada día era una cuesta arriba para Axel. Tenía los ánimos por el suelo. Extrañaba a su abuelo y no conseguía adaptarse a una vida social. Se sentía observado y fuera de lugar. Hacía un gran esfuerzo para cooperar, pero le fastidiaba tener que hacer cosas en grupo y que le hablaran tanto. Al final del día se alejaba de todos perdiéndose en la frondosidad de la vegetación. Buscaba algún árbol con buenas ramas por el que pudiera trepar y al llegar a estas se acomodaba y se dejaba caer en su tristeza.

Una noche de tormenta eléctrica se entretenía observando cómo el campo de energía de la ciudadela los protegía de la intensa lluvia y del viento del exterior. Algunas gotas caían, pero comparado con lo de afuera era una leve llovizna. Cuando esto pasaba, ellos aprovechaban para entrenar también de noche, pues los rayos disimulaban las luces que emitían durante sus prácticas. Entonces algo llamó la atención de Axel. Notó que había unos destellos de luz diferentes a los que se generaban durante estas. Tenían diversos colores y se encendían y apagaban gradualmente. Parecían auroras y quiso saber qué eran.

Al acercarse, vio a Bianca finalizando una clase. Un grupo de espectadores analizaban todo lo que hacía y ella se movía con tanta gracia que era hipnotizante verla manejar su energía. Había aprendido a dominarla de tal manera que conseguía generar diferentes temperaturas y para enfriar las cúpulas, antes de salir, emitía una fría que, al mezclarse con el calor de la otra, producía un efecto de colores tipo tornasol. Axel estaba impresionado, toda su falta de motivación se fue esfumando a medida que las ondas se generaban y desvanecían. Había encontrado una razón para quedarse, una propia.

Cuando acabó el entrenamiento y todos se marcharon, Axel se acercó a las cúpulas donde había estado Bianca. Tanteó un poco antes de meterse y al sentirlas tibias lo hizo, luego comenzó a intentar hacer lo mismo que había estado haciendo ella y su energía las encendió de nuevo, iluminando otra vez el campo de entrenamiento. Algunos se dieron cuenta, pero al ver que eran las cúpulas donde había estado Bianca supusieron que era ella reforzando clases a alguien o practicando para sí misma, así que siguieron su camino.

Cuando llegaron a los merenderos, la vieron sentada conversando animadamente y se extrañaron de que hubiera llegado antes que ellos.

—¿Qué pasa? —preguntó al notar su asombro.

—Creíamos que te habías quedado entrenando.

—Y ¿por qué?

—Los campos volvieron a encenderse, nos pareció ver que eran las cúpulas que habías usado.

Todos dejaron de comer.

—¡Fuego! —dijo uno imaginando que un rayo había conseguido colarse, entonces salieron corriendo hacia allá.

Al llegar, encontraron a Axel intentando aún recrear, sin éxito, las luces que había visto, pero sin embargo sí conseguía emanar gran cantidad de energía, tanta que ya había hecho estallar la cúpula principal, pero como las de seguridad habían absorbido bien el impacto, Axel no le había dado importancia. No tenía ni idea de que tenían un límite y tampoco sabía lo que pasaría si la última llegaba a estallar.

—Debemos reforzarla ya —dijeron.

—Pero sin asustar al chico. Es un poco impulsivo —advirtió Yago.

—Yo me haré cargo de él —dijo Bianca.

—¡No! —trataron de impedírselo sus padres, pero Bianca ya no era una niña insegura y sabía lo que tenía que hacer.

Se fue aproximando entonces mientras los demás iban posicionándose sigilosa y estratégicamente para reforzar el campo de energía. Cuando Axel se percató de su presencia, ni siquiera tuvo tiempo de pestañear. Bianca controló su mente y, sin perder ni un segundo, tomó su mano y lo sacó de allí. No mucho después, la primera capa de contención también estalló, quedando solo la segunda y, tal como había pasado anteriormente, esta no pudo evitar dejar escapar algunas chispas, pero felizmente no hubo nada más que lamentar.

—Es ese chico nuevo, ¿no? —preguntó Bianca una vez lo dejaron durmiendo.

—Sí —respondieron.

—No sean duros con él —dijo Rina—. No lo sabía.

—Pues claro que no —añadió Aldo, otro entrenador—. ¿Cómo iba a saberlo? Si nunca escucha lo que se le dice.

—Está dolido, triste y confuso. No quiere abrirse y obligarle a hacer cosas que no quiere ahora mismo no ayudaría. Debemos darle tiempo y espacio.

—Muy bien, pero desde ahora nos turnaremos para vigilarlo —dijo Alex—. Si nadie se hubiera dado cuenta de que aún había alguien aquí, no habríamos podido evitar el incendio. ¡Vaya energía que tiene!

—Cierto —concordaron todos.

Al día siguiente, Axel se levantó muy cambiado. Su apetito le había regresado de golpe y comió por todos los días que no lo había estado haciendo. Todos estaban extrañados, pero como no querían que se sintiera observado, trataban de disimular.

—Estoy aprendiendo a hacer auroras —comentó en su mesa.

Todos se giraron aún más extrañados.

—¿Auroras? —preguntaron.

—Sí, ese juego de luces que hacen en las cúpulas.

—Creo que se refiere a las Biancas —aclaró

Sebastián—. Es verdad que esas que hace al final parecen auroras.

—¿Biancas? —preguntó confuso Axel, pues estaba seguro de que Bianca le había dicho que se llamaban auroras.

—Sí, así se llaman. ¿Y qué tal lo llevas?

—Pues ayer no me fue nada mal.

Todos se contuvieron para no echarse a reír y Axel lo notó, pero no dejó que le afectara; según él, cuando Bianca entró a la cúpula se hicieron amigos y le enseñó a recrearlas, incluso conversaron sobre lo bien que se le daba al final de la clase.

—¿Qué pasa? ¿No me creen?

—Lo que pasa es que son bastante complejas de hacer —respondió Aldo.

—Lo sé, pero yo lo conseguí.

Un silencio incómodo volvió a generarse y esta vez alguna risilla se dejó escuchar.

—Lo cierto es que posees una gran energía —dijo Sebastian—. Deberías ir a clases.

—¡Pues sí! Lo haré —dijo para sorpresa de todos.

Aquel día, Axel se presentó a dichas clases ansioso por

ponerse nuevamente a prueba y cuando vio a Bianca se le acercó resuelto.

—Hola, ¿qué ha pasado aquí? Parece que ha habido una lluvia de meteoritos —dijo jocoso refiriéndose a los alrededores, que tras las chispas habían quedado chamuscados.

Ella se extrañó de verlo allí y su broma no le hizo gracia, pero no quiso ser descortés, así que devolvió el saludo.

—Hola. Axel, ¿no?

—Sí. Y tú... ¿cómo te llamas? Ayer no me dijiste tu nombre.

—Bianca.

—¿Bianca? ¿Como las luces esas?

—Como las ondas.

—¿Qué ondas?

Liana, que estaba cerca, había oído la conversación y, dándose cuenta de que Bianca no tenía ánimos de ponerse a dar explicaciones, interfirió.

—Las ondas a las que tú llamas luces se llaman Biancas y llevan su nombre porque fue ella quien las creó.

—¿Tú las creaste?

—Sí —respondió escueta—. Bueno, vamos a empezar.

—A Axel se le hizo rara su actitud fría y distante porque, supuestamente, la noche anterior habían congeniado muy bien—. Hoy tenemos a un alumno nuevo, pero creo que ya todos lo conocemos. Bienvenido, Axel.

Él respondió asintiendo.

—¿Qué tal si hoy empezamos por él? ¿Te gustaría?

—¡Sí! —respondió animado.

—Antes de empezar, debes saber que las cúpulas no son indestructibles. Tienen un límite, y si las sobrecargamos ocasionamos estos destrozos —dijo señalando todas las partes dañadas—. O peor aún, un incendio. ¿De acuerdo?

—Sí —respondió sin darse por aludido.

Tras decir esto, Bianca se metió en su cúpula y Axel la siguió. Eso le hizo gracia a varios de los asistentes, pero los entrenadores, que no querían espantar a Axel, se giraron a mirarlos con tal cara que todos dejaron de sonreír en el acto, o por lo menos hicieron el esfuerzo.

—Esta es mi cúpula, Axel. Tú debes entrar en esa otra.

—¿Por qué?

—Porque no podemos entrenar en la misma cúpula.

—Ayer lo hicimos.

Bianca comprendió que, debido a la manipulación mental, Axel estaba completando los hechos con algo que posiblemente había soñado, entonces continuó.

—Da igual lo de ayer. Ahora lo vamos a hacer como toca.

—Bien —respondió metiéndose en otra.

—Empezaremos intentando irradiar energía por todo el cuerpo —dijo haciéndole una demostración para darle ejemplo y, para su sorpresa, Axel repitió el ejercicio tal como lo había hecho ella.

Eso llamó la atención de todos, porque nadie conseguía hacerlo tan rápido como Bianca.

—Ahora vamos a acumular nuestra energía, pero sin dejar que se desprenda. Debes contenerla todo cuanto te sea posible y, cuando te lo diga, la sueltas, pero solo un poco, luego, de inmediato paras, ¿me explico?

—Sí.

—Bien.

Tras hacerlo primero, le preguntó si estaba preparado y él afirmó con la cabeza.

—Recuerda. Solo una onda. Espera mi aviso y en

cuanto la hayas soltado, paras.

Axel volvió a asentir, cerró los ojos para concentrarse mejor y el aura empezó a intensificarse alrededor de su cuerpo. Cuando Bianca dio la orden, él la cumplió a cabalidad y al abrir los ojos vio que una onda de luz se iba alejando de él y que al llegar a la cúpula la encendió como a una bombilla.

Nadie dijo nada, entonces comentó dubitativo:

—¿Ha ido bien?

—¡Sí! —respondió Bianca sin salir de su asombro—. ¡Lo has hecho! —Entonces se giró hacia los demás—. ¡Lo ha hecho! —exclamó.

Todos estaban atónitos, pero uno a uno empezaron a aplaudir. Durante el resto de la clase muchos, incluyendo entrenadores y maestros, se le acercaron para pedirle consejos y, quizás debido al entusiasmo que sentían tras haber visto que sí era posible hacerlo, consiguieron avances.

—¡Buen trabajo! Ya casi eres un entrenador —le dijo Bianca bromeando, aunque en realidad había algo de cierto en eso.

Axel estaba extrañado.

—¿Por qué se van todos? ¿Ya acabó la clase?

—Sí.

A Bianca le enterneció ver su reacción al oír su respuesta, parecía un niño al que habían llevado por primera vez a un parque de atracciones y le acababan de decir que ya debían marcharse, entonces, la primera impresión que había tenido de él se desvaneció por completo.

—Pero ¿y las Biancas?

—Acabamos de hacerlas.

—Eso no eran Biancas.

—Ah, ¿no? ¿Y qué eran?

—Yo que sé. Ondas.

Bianca sonrió.

—Yo quería hacer las que hicimos ayer. Las auroras.

—Auroras…, ayer…, ya —dijo resoplando y pensó que era un buen momento para contarle lo que realmente había pasado—. Anoche no sucedió lo que recuerdas, Axel.

—¿Qué?

—Estás confuso, y sé por qué.

—¿De qué hablas?

—Te lo diré, pero déjame explicarlo hasta el final y recuerda que lo hice porque no tenía otra alternativa.

Bianca le contó los hechos tal como habían ocurrido y Axel la escuchaba incrédulo. Intentaba mantener la calma, porque no quería enfadarse con ella, pero finalmente le venció la indignación.

—¿Y cuántas veces me han hecho eso? —preguntó algo alterado.

—Solo ayer, pero porque era necesario, debíamos pararte y no había tiempo para explicaciones.

—¿Y por qué no me lo dijeron después?

—Oí que eras un poco temperamental, así que estaba esperando el momento para hacerlo.

—Axel no respondió nada. Estaba molesto y sabía que si no se iba terminaría diciendo algo de lo que se arrepentiría después, así que se marchó.

—No hagas eso —dijo ella siguiéndolo—. No te vayas así. Hablemos.

—Ahora no quiero hablar.

—Ibas a ocasionar un incendio.

Bianca intentó hacerle entrar en razón, pero al ver que no lo conseguía lo dejó alejarse. Axel siguió caminando sin rumbo un rato más, volvió a encaramarse en un árbol y se quedó allí hasta la madrugada.

Al volver, encontró a un grupo de entrenadores esperándolo.

—¿Qué pasa?

—Queríamos disculparnos. Bianca nos ha contado cómo te lo has tomado y entendemos que estés molesto, pero esperamos que tú también comprendas que no teníamos otra opción.

—¿Cuántas veces lo han hecho?

—Solo esta vez.

—¿Y por qué debo creerles?

—¿Y para qué íbamos a contártelo?

—No lo hicieron ustedes. Lo hizo ella.

—Porque era a ella a quien le correspondía hacerlo, pero escucha, en algo tienes razón. Debimos decírtelo en ese momento, y por eso nos disculpamos. Ahora te dejamos tranquilo porque es muy tarde y tú llevas dos días muy activos, así que necesitas reponer energía.

Rina le entregó una cesta con comida.

—Si lo deseas, mañana continuaremos hablando de esto. Por cierto, mañana tenemos una reunión muy importante después del desayuno y deberías venir. Nos incumbe a todos. A ti también.

132

10

PROPÓSITO

La ciudadela era una fortaleza casi impenetrable y nadie podía siquiera acercarse a sus límites sin ser visto.

Los nativos que sabían de su existencia respetaban el acuerdo que tenían con ellos y no los traicionaban. Algunos por palabra, otros por agradecimiento y el resto por temor, pues escuchaban y veían cosas inexplicables que originaban rumores y mitos sobre su naturaleza. Muchos pensaban que eran dioses, otros que eran demonios, pero, fuera como fuese, todos preferían llevarse bien con ellos.

Eso les permitía vivir y convivir tranquilos, pero había algo que, al igual que a sus vecinos, les robaba la paz. Cada año, por razones accidentales y no tan accidentales, se desataban incendios que llegaban a ser incontrolables. Muchas especies y comunidades nativas se veían entonces obligadas a abandonar sus hábitats para no morir intoxicados o calcinados. Ellos intentaban ayudarlos resguardando sus aldeas con cúpulas para protegerlos de los gases tóxicos, pero todos sabían que si las llamas llegaban hasta estas, sus campos de energía se consumirían de manera lenta pero inevitable. Precisamente sobre este tema se hablaría en aquella reunión y cuando Axel se despertó todos estaban dirigiéndose al punto de encuentro. Ya había pasado la hora del desayuno, pero pudo coger algunas frutas que aún quedaban sobre las mesas y los siguió. Cuando llegaron al lugar acordado vio a los líderes conversando; buscó entonces un lugar discreto desde el cual poder ver y oír y se quedó allí esperando hasta que finalmente uno de ellos, Leandra, tomó la palabra.

—Como ya muchos deben haber oído, las deforestaciones han empezado. —Aquellas palabras iniciaron una nueva ola de murmullos—. Sí. A nosotros también nos extrañó cuando nos lo dijeron los aldeanos, pero lo hemos comprobado.

—No están cerca, pero, al parecer, no solo empiezan antes, sino que también se extienden más —dijo Francis—. Por eso debemos activar el plan de contingencia.

—Todos sabemos lo que hay que hacer —retomó la palabra Leandra—. El plan sigue siendo el mismo. Así que debemos empezar a prepararnos ya, sobre todo mentalmente, porque, como ya saben, el pánico puede entorpecer las cosas. En cuanto a los más pequeños, asegúrense de enterarlos correctamente, debemos infundir valor, no miedo.

—Por último —dijo Francis—, antes de repasar las rutas que debemos tomar para llegar a los refugios recuerden que esto no debe desestabilizarnos. Todo debe continuar como siempre, solo que ahora vamos a iniciar antes el refuerzo de las guardias en todo el perímetro.

Axel estaba confuso. Le faltaban datos, pero no quiso preguntar, así que se limitó a seguir escuchando.

Mas tarde Bianca dio sus clases como de costumbre, pero esta vez Axel no asistió. Al concluir estas, sin embargo, sí se acercó a los campos y la encontró entrenando sola.

La miró desde lejos un rato y luego se animó a acercarse. Ella no le vio hasta que se metió en su cúpula.

—Ya te dije que no puedes meterte conmigo.

—Tú tampoco puedes meterte en mi cabeza y, sin

embargo, lo has hecho. —Ni bien lo dijo se dio cuenta de cómo había sonado y quiso explicarse, pero se lio y Bianca no pudo evitar sonreír—. Ya me has entendido —dijo zanjando el tema.

—Sí, y ojalá tú también me hayas comprendido a mí. Lo hice para evitar un desastre, y si te digo que no debes meterte en mi cúpula es porque no quiero hacerte daño.

—Ya —dijo cabizbajo.

—Entrenemos un poco. Saldré yo para guiarte.

—No, saldré yo. Quiero ver cómo lo haces antes de empezar.

Bianca hizo unas cuantas ondas y luego le preguntó si estaba listo para intentarlo, pero él le respondió que esas no eran las que quería hacer, sino las que parecían auroras.

—¿Auroras?

—Sí, las luminiscentes. Sebastian dijo algo sobre que las haces al final.

—¡Ah! ¿Así las llamas?

—¿Cómo las llamas tú?

—Pues no les había puesto ningún nombre, pero auroras me gusta —dijo pensándolo.

—Bueno, pues eso. ¿Qué debo hacer?

—A ver. No tengo una técnica precisa. Me salen así, sin más, y las hago para bajar el calor que generan las ondas. De hecho, es una energía fría.

—Fría —dijo Axel pensando en ello, entonces se metió en otra cúpula e intentó generar una energía que le produjera esa sensación.

—No— dijo Bianca—. Primero debes hacer las ondas. Al menos así lo hago yo.

—¡Ah!, cierto.

Axel empezó de nuevo y Bianca lo iba guiando. Estuvieron practicando un buen rato, pero entonces él empezó a agotarse y ella lo notó.

—Bien. Es suficiente por hoy.

—¿Ya?

—No tengo dudas de que conseguirás hacerlo muy pronto, pero hay que saber cuándo parar. Necesitamos reponer fuerzas.

Axel rezongó, pero accedió.

—¿Cómo es que hablas tan bien el español?

—Bueno, ya sabes, es uno de los idiomas más hablados del mundo, así que… De seguro que tú también hablas inglés, ¿right?

Bianca sonrió.

—Me refería a la pronunciación.

—Era el idioma natal de mi abuela y mi padre también lo hablaba, además, a mi abuelo le encantaba, así que en casa lo hablábamos mucho.

—¿Y cómo aprendiste a cargar tan rápido tu energía? —preguntó Bianca mientras caminaban hacia los comedores.

—No lo sé. Siempre me ha salido así. ¿Y tú?

—Igual. Nunca he tenido problemas para exteriorizarla, aunque de niña, durante un tiempo, sí me costó contenerla. Fue entonces cuando me trajeron aquí para aprender a dominarla.

—¿Cuántos años tenías?

—Diez. No, no, once. Había acabado de cumplir once años.

—¿Y cuántos tienes ahora?

—Dieciséis.

—No hace tanto, entonces.

—No. No tanto.

—Pues vaya que has progresado.

—Sí, me han ayudado mucho. Y di mucho trabajo.

—¿En serio? ¿Tú? Difícil creerlo.

—¿Por qué?

—Por tu forma de ser. Siempre tan controlada, tan correcta, tan madura.

—Ya, bueno. —Bianca no supo cómo tomarse ese comentario—. ¿Cuántos años tienes tú?

—¿Cuántos crees?

—No lo sé, veamos, a veces te portas como un crío de cinco y otras como un viejo cascarrabias... —Axel sonrió—, estoy confusa.

—Quince.

—Ah, pues no lo parece. Debe ser porque siempre estás muy serio.

Axel cambió el tema.

—¿Y desde cuándo eres maestra?

—No soy maestra, si eso, quizás entrenadora.

—¿Y cuál es la diferencia?

—Una maestra domina muchas habilidades.

—¿Cuántos maestros hay aquí?

—Cinco. Los conoces, estuvieron en clases; Sebastián, Rina, Aqua, ella también es una de mis mentoras, Tania y

Leandra.

—¿Ellos? ¿Y tú les das clases a los maestros?

—Sí.

—Irónico, ¿no?

— Yo no escogería esa palabra. Para mí tiene que ver más con la consecuencia. Es mi aportación por todo lo que hacen por mí y por todos los demás. Yo ahora domino mi energía, pero fueron ellos quienes me enseñaron a hacerlo. Ellos nos enriquecen con sus habilidades y nosotros correspondemos enriqueciéndolos con las nuestras. Además, que sean maestros no implica que ya no puedan seguir aprendiendo.

Axel no contestó, pero desde luego estaba de acuerdo.

—Ahora que lo pienso, también hubo un momento en el que me costó dominar mi energía.

—Cuéntame.

—Mi abuelo y yo vivíamos en una pequeña isla al lado del Polo Norte. Hace tanto frío como te puedas imaginar y más, así que cuando salíamos a entrenar debíamos encendernos como estufas halógenas, y al principio me pasaba un montón. —Bianca sonrió—. No solía haber mucha gente donde íbamos, pero de todos modos no podíamos correr el riesgo de ser vistos, así que teníamos que ser muy precisos. Era aprender a hacerlo o morir congelados.

—Quizás debería entrenarlos en un lugar así —dijo bromeando.

—Aprenderían, fijo —afirmó sonriendo—. De hecho, no sería una mala idea que lo propusieras, según lo que he oído, solucionaría más de un problema.

—¿A qué te refieres?

—A salir de aquí.

—¿Qué dices?

—Me parece una locura que sigan metidos en esta bomba de relojería.

—¿Hablas en serio?

—Sí, claro.

—Este lugar es sagrado para ellos, Axel. Es su hogar.

—¿Has presenciado alguno de esos incendios de los que hablan? Yo sí. Y no tengo idea de cómo han conseguido mantenerlos a raya. He oído que se desatan cada año.

—Es porque lo tienen todo bien organizado. Ellos vigilan y protegen los límites.

—Ya, ya. Las guardias, ¿no?

—Sí.

—También han dicho que cada año se extienden más. Si llegan hasta aquí, no habrá guardia que los pare.

—Lo sé. Y ellos también lo saben, porque ya han estado en esa situación. Por eso construyeron los refugios.

—Entonces, ¿ya ha pasado? ¿Este lugar ya se ha incendiado?

—Sí. Dos veces. Pero yo aún no estaba aquí.

—¿Y qué hicieron?

—Rehacerlo. Levantarlo desde sus cenizas, literalmente. Según me comentaron, la primera vez fue un caos, murieron muchos, no solo por el incendio, sino también en la selva, no pudieron sobrevivir en ella. Por eso tras reconstruir la ciudadela crearon los refugios y por eso cada año nos preparamos para ir a estos en caso de que algo así suceda.

—¿Y qué pasaría si al pasar el incendio no pudieran regresar? Sí sabes que no siempre son accidentales, ¿verdad?

—Claro que lo sé.

—¿Y si esa gente que los provoca se metiera con sus

maquinarias aquí? ¿Qué harían? ¿Hacer tratos también con ellos? Te aseguro que esa gente no es como los nativos con los que están acostumbrados a tratar.

Bianca bufó.

—Esta no es una zona cualquiera, Axel. Es una zona protegida.

—¿Por quién?, ¿por «ellos»? Te diré lo que pienso. Esta zona no está protegida, si eso, está reservada para cuando les venga bien explotarla. Y entonces nada los va a parar. Esa gente está obsesionada con el dinero, les ciega la ambición. No tienen ningún problema en acabar con ecosistemas enteros, se cargan incluso a los de su propia especie con tal de satisfacer sus intereses. No son como esos aldeanos, no, son auténticos salvajes. Pobre Abel. Tanto esfuerzo para nada.

—Basta, Axel, ¡no sigas! —dijo Bianca entre molesta y preocupada—. Este es un lugar seguro, siempre lo ha sido y siempre lo va a ser, y en cuanto a tu abuelo, él tenía un propósito y lo cumplió. Deberías estar orgulloso, no sentir lástima por él. —Axel quiso rebatir, pero ella no lo dejó—. En vez de cuestionar las decisiones de los demás, deberías de cuestionar las tuyas. ¿Por qué estás aquí?

—No por mi propia voluntad, te lo aseguro.

—No me refiero a este lugar. ¿Cuál es tu propósito en la vida?

Ambos continuaron el resto del camino en silencio, pensando cada cual en lo que había dicho el otro. Bianca en proponer salir de ahí y Axel en cuál podría ser ese propósito.

Les sucedía siempre que hablaban, ambos defendían sus puntos de vista con pasión, pero luego se quedaban horas contemplando la perspectiva del otro. Veían las cosas de manera muy diferente, pero, aun así, él se sentía cómodo con ella y a ella le gustaba hacerle compañía. Hacían una bonita pareja, saltaba a la vista y, aunque todos intentaban disimular, era imposible no fijarse en ellos.

Afortunadamente, las estrategias funcionaron igual que siempre y los incendios no llegaron a la ciudadela, sin embargo, Axel sí fue testigo de las pérdidas y el dolor que dejaron tras su paso, pues al ser un gran sanador, le tocó ir hasta las zonas más afectadas para ayudar a reparar daños y curar heridos.

Después de aquello, su idea de marcharse se volvió un asunto muy serio para él. No entendía cómo era posible que no tuvieran a dónde más ir; los refugios no eran más que lugares provisionales donde resguardarse por un tiempo, pero ¿y luego qué?, ¿y luego a dónde? Empezó entonces a investigar todo cuanto podía para salir a explorar nuevas tierras. Se había propuesto encontrar un lugar para todos ellos, que desde un principio lo habían acogido y que, aun sin conocerlo, lo apoyaban y lo trataban como si fuera un hermano, un hijo, un nieto; como si fuera esa oveja negra de la familia, tan incomprendida, pero igual tan querida.

Nadie tomaba muy en serio sus planes, pero tampoco nadie se los impedía, así que empezó a abrirse camino. Su mayor problema era su aspecto adolescente, pero con cada viaje aprendía a sortear embrollos.

Cumpliendo con la promesa que le había hecho a su abuelo, en una de sus primeras salidas fue a ver a Lidia y Kaali y se ocupó de llevarlos hasta la ciudadela. Ellos sí comprendían sus razones y, expertos viajeros como eran, le ayudaban a resolver sus dudas y a marcar sus rutas. Con cada recorrido Axel se volvía aún más osado, algunos le tomaban más tiempo, pero siempre regresaba, porque aún no había perfeccionado todas sus habilidades, así que le quedaba una promesa por cumplir, pero esa no era la única razón por la que lo hacía; Bianca y él se echaban de menos y al volver ella siempre lo recibía entusiasmada y él, también siempre, le traía algún regalo. Había algo entre ellos, pero ninguno daba rienda suelta a sus sentimientos, porque a él lo distraían de su misión y a ella no le quedaban claros sus suyos.

11

PRUEBA DE FUEGO

Entre idas y venidas habían pasado ya tres años y para entonces muchos ya estaban prestando atención a Axel, pues, como si de una cuestión divina se tratara, empezaron a tener sueños aterradores, tan reales que hacían que su iniciativa ya no pareciera tan pueril. Tenía opciones interesantes, pero ninguna zanjada, porque ninguna ofrecía todo lo que tenía la ciudadela. Aun así, las marcaba y si pasaba cerca las volvía a visitar para comprobar si seguían siendo tan seguras como le habían parecido en un principio.

En vísperas de su última partida, Bianca fue a buscarlo para entregarle un brazalete de oro que le había forjado con la ayuda de su padre. El detalle le enterneció, y más aún al ver que le quedaba suelto. Ella quiso entonces que se lo devolviera para ajustarlo, pero él estaba decidido a llevárselo.

—Mira, lo subo al antebrazo y ahí se queda. Si hasta me será más cómodo, porque no me fastidiará la muñeca.

A Bianca no le convenció ese argumento, pero él tampoco iba a ceder, así que, cual par de niños, empezaron a forcejear y sin darse cuenta terminaron muy cerca el uno del otro, tanto que él no pudo evitar intentar besarla y ella, que no se lo esperaba, reaccionó de una manera torpe, lo cual la hizo avergonzarse y luego enfadarse.

—¡Haz lo que quieras! —dijo marchándose enfurecida—. Él no supo cómo tomarse todo eso y, como no podía dormir, se marchó esa misma noche, pero antes le dejó una nota:

> Lamento haberte enfadado y también lo siento por la P. D.
>
> P. D.: Me llevé el brazalete, lo ajustaremos a mi regreso.

Aquel viaje fue el más largo de todos los que había realizado, llevaba casi dos años sin volver cuando se enteró de que el mayor incendio de la historia de la Amazonía se había desatado. En todas las noticias hablaban de ello y se quedó paralizado al ver que las llamas estaban muy cerca de los límites de la ciudadela. Intentó mantener la calma reiterándose que los líderes se harían cargo de la situación y que el pueblo entero se había estado preparando años para eso, además tenían los refugios, donde había provisiones hasta para tres meses, y cada uno contaba con un equipo de sanadores con esa habilidad bien desarrollada, pero aun así estaba impaciente por llegar.

Al hacerlo, vio que el fuego aún no había entrado en ella, pero sus límites nunca habían estado más expuestos; voluntarios, bomberos y nativos estaban por todas partes luchando para cerrarle el paso. También encontró a muchos de sus habitantes batallando junto a ellos; llevaban días esforzándose hasta el agotamiento para contener las llamas y apagar las brasas y, por supuesto, se unió a ellos. Cuando podía preguntaba por los demás y le respondían que casi todos estaban allí, bordeando todo el perímetro para proteger su hogar, y que solo los mayores estaban con los niños en los refugios. Todos lucharon hasta el final, pero el fuego fue implacable y tuvieron que ver, impotentes, cómo se propagó. Sin nada más que pudieran hacer, se dispusieron a ir a los refugios, pero entonces un grupo de voluntarios recibió la llamada de auxilio de una comunidad que aún tenía la oportunidad de salvarse y les pidieron ayuda. Siendo lo menos que podían hacer, después de todo lo que habían hecho ellos por intentar ayudarlos, los acompañaron y no fue en vano, consiguieron contener el fuego hasta que una gran lluvia, un par de días después, llegó para apagarlo.

—¡Al fin! ¡Gracias, Dios! —gritaban algunos, aunque todos estaban agradecidos al ver que la naturaleza tomaba el relevo definitivo.

De camino hacia los refugios, Axel se lamentaba al recordar cómo había perdido el brazalete que le había regalado Bianca; un perezoso se había quedado paralizado de miedo en lo alto de un árbol y sus gritos no dejaban indiferente a nadie, pero no veían cómo iban a poder rescatarlo teniendo tan poco tiempo, pues las lenguas de fuego avanzaban hacia ellos tan veloces como voraces. Al verlo, no se lo pensó mucho y, experto trepador como era, llegó rápidamente hasta el asustado folívoro y consiguió que se le abrazara, pero como era voluminoso, empezó a impedirle moverse con soltura. Axel trataba de llevarlo a su espalda, pero este se aferraba a su cuerpo y no había manera de desprenderlo. Esto le entorpecía el descenso, pero aun así mantenía la calma. Su determinación contagió a varios de los presentes que, al notar lo que pasaba, vaciaron una mochila para alcanzársela. Todos intentaban subir por el árbol, pero ninguno con éxito, entonces un nativo, que también había estado siguiendo todo el suceso, se acercó a ellos, tomó la mochila y empezó a trepar utilizando una técnica diferente a la de Axel, pero igual de efectiva. Pronto estuvo a su lado y sosteniéndose solo con sus muslos ayudó a meter al arborícola en ella. Una vez conseguido, se la colocó en la espalda y en ese momento, en medio de todo el ajetreo, el brazalete se le deslizó; todos vieron algo caer, pero nadie le prestó importancia. Ambos descendieron entonces, con la misma agilidad con la que subieron y, una vez abajo, empezó a buscarlo. Como lo apuraban, entregó la mochila y dijo que se adelantaran, pero pronto empezó a tener problemas para ver y respirar. Esto le hizo entender que ya no había más tiempo y, muy a su pesar, desistió de la búsqueda y emprendió también la huida.

Al llegar a los refugios encontró todo hecho un caos. El ambiente estaba cargado de sentimientos de lamento y dolor. La gente estaba devastada, incluidos líderes y maestros, y la adaptación estaba siendo un fracaso. Ya desde un principio el clima había sido un auténtico incordio y los insectos tampoco daban tregua, estaban por todas partes y no les dejaban descansar ni dormir. En más de una ocasión tantearon el terreno para hacer una cúpula, pero había tanta gente de afuera, pasando por los alrededores, que no podían correr el riesgo de ser vistos, así que no les había quedado más que aguantar. Todos estaban afectados física y emocionalmente, incluso el equipo de sanadores; ya ninguno quedaba en pie.

Axel nunca había percibido o visto algo así, era como haber salido de una nube asfixiante de humo para entrar en otra de depresión y se sentía impotente por no poder hacer nada para reconfortarlos. En silencio, entonces, empezó a curar a los sanadores con el fin de que se restablecieran y volvieran a retomar su labor y luego continuó con los demás. Cada vez que conseguía ayudar a alguien, este se sentía agradecido y ese sentimiento empezó a propagarse por el aire generando un cambio en el ambiente. Al ver que solo él estaba trabajando, todos se sintieron llamados a poner también de su parte y se empezaron a levantar.

—Gracias, Axel. Ya nos sentimos mejor —dijeron algunos sanadores volviendo a ocupar sus puestos.

—¿Podemos ayudar? —dijeron otros que también se habían recuperado.

—Tenemos que hacer cúpulas —dijo Axel.

—Ya nos gustaría, pero hay mucha gente allí afuera.

—Ya no tanto. Desde las lluvias han empezado a marcharse, pero, además, he pensado que no es necesario que estemos todos aquí sufriendo. Yo propongo que nos formemos en grupos para hacer guardia mientras se hacen las cúpulas y que luego mantengamos esa guardia por turnos para que nadie pueda acercarse a los refugios. De este modo, solo tendríamos que soportar el tiempo que dure la vigilancia, un par de horas por turno, y al volver los sanadores, que ya no tendrían tanta faena, podrían hacerse cargo de ellos, si acaso ellos mismos no pudieran hacerlo.

—Suena bien —dijeron todos.

—Suena muy bien —dijeron los líderes al fin volviendo de su absentismo.

—Axel, ¿qué hay de esos mapas? De tus rutas.

—Están todas aquí—dijo señalando su cabeza—. Pero también ahí —indicó señalando su mochila—. Cuando quieran, les digo todo lo que sé.

—Muy bien, pero ahora vamos a poner en marcha tu idea.

Esta funcionó muy bien. Con el refugio resguardado hubo una visible mejora en los ánimos de todos y la situación empezó a estabilizarse. Axel y los líderes se reunieron y tras una larga charla, formaron una comitiva para ir a los sitios señalados, pero antes de partir quisieron asegurarse de resguardar también los demás refugios y de dejarlos todos bien organizados.

Axel aprovechó entonces para salir a buscar a Bianca y cuando finalmente dio con el lugar donde había estado le dijeron que tras venir de los incendios solo se había quedado unas horas ahí y luego se había vuelto a marchar. Inquieto como era, siguió buscándola durante todo el día, pero, al no encontrarla, se resignó y decidió volver para descansar un poco antes del viaje. Lamentando tener que volver a esperar hasta su regreso para verla, venía caminando cabizbajo cuando varios chiquillos se le acercaron a la carrera.

—¡Axel! ¿Dónde estabas?

—Por ahí. ¿Todo bien?

—¡Hemos hecho algo! —decían emocionados—, ¡ven a verlo!

—¿Ahora? Estoy algo cansado.

—No, bueno. Es una tontería, en realidad —dijeron retirándose apenados.

—Bueno, venga. Vamos.

Al llegar, le mostraron un fuerte de casi tres metros de altura que habían hecho con ramas y cañas. Estaba meticulosamente entrelazado y camuflado con vegetación por encima, pero aun así, a través de esta se veía brillar algo en el interior. Axel se recompuso de inmediato y contuvo la respiración.

—¿Sabes qué es? —preguntaron orgullosos de su trabajo.

—Una cúpula de entrenamiento —contestó sin intensión de chafarles la sorpresa, en realidad, solo estaba deduciendo en voz alta.

—¡Sí! —gritaron al unísono. Estaban encantados al ver su reacción.

—Ahora mismo está ocupada, pero luego la puedes probar —dijo uno.

—Ajá —dijo ignorando lo que había dicho, y empezó a

buscar la entrada.

—¡Que no te puedes meter, Axel! Bianca está adentro —volvieron a advertir.

—¡Shhh! Lo sé.

Axel se metió sigilosamente, pero ella igual lo percibió y desde luego que supo que era él, pues nadie más se atrevía a hacerle esas cosas, y sin enojarse ni girarse le dijo que ya sabía que no debía hacerlo.

—Tú tampoco puedes meterte en mi cabeza y, sin embargo, lo has hecho —respondió para recordarle aquella vez en la que le hizo sonreír con esa misma respuesta.

—¿Por qué te has demorado tanto? —le preguntó, aún sin voltear.

—¿Y tú? ¿Dónde estabas? —respondió volviéndola hacia él.

Al verlo se impresionó un poco, había cambiado, se le veía más esbelto, más alto, más fuerte. Su mirada también era otra, ya no la evadía ni reflejaba tanta seriedad, por el contrario, expresaba paz.

Bianca tampoco era la misma, estaba dolida y resentida. Quería pagar con la misma moneda a todos esos que habían destruido su hogar. Estaba experimentando por primera vez lo que era el auténtico odio y la estaba carcomiendo por dentro. Ya podía comprender por qué Axel se había comportado como lo hizo por tanto tiempo y él no soportó que se sintiera así.

Acarició su brazo y al hacerlo lo sintió lleno de heridas. Toda ella lo estaba. Entonces la atrajo para abrazarla y no la soltó hasta dejarla completamente curada. Eso la hizo sentir mejor.

—Te he extrañado —dijo aún abrazada a él, y sus fríos sentimientos dieron paso a un profundo desconsuelo.

Estaba contenta de verlo, pero todos esos sentimientos no la estaban dejando disfrutar del momento, Axel no iba a dejar que la invadieran y tampoco quiso seguir luchando contra lo que sentía, entonces, aun a riesgo de fastidiarla otra vez, empezó a buscarle un beso; después de lo que había ocurrido la última vez que se habían visto, había tenido dudas sobre si debería volver a intentarlo, pero en ese momento poco le importó ser rechazado, incomodarla o volverla a enfadar, cualquier cosa le valía con tal de sacarla de ese estado de tristeza, pero, para su sorpresa, ella correspondió.

Aquella noche él le pidió que viniera con ellos, pero Bianca le dijo que los dos tenían muchas cosas que hacer y que, además, no quería distraerlo.

—Bueno, daría igual —le contestó—. Tú siempre lo haces, estés cerca o no.

Bianca sonrió.

Luego ella le contó que en cuanto se había enterado de que él estaba allí, salió a buscarlo y cuando le dijeron que él también lo estaba haciendo, decidió quedarse cerca de los que iban a la expedición, pues sabía que allí regresaría tarde o temprano. Axel le contó que él, sin embargo, al no encontrarla, la había seguido buscando.

—Me has recordado algo.

—¿Qué?

—Habían pasado unas semanas desde que se llevaron a mis padres y yo los extrañaba tanto que le propuse a Abel que volviéramos a su casa y llamáramos la atención de esa gente para que también vinieran por nosotros, según yo, nos llevarían al lugar donde los tenían y por lo menos así podríamos estar juntos, pero él me dijo que, si lo hacíamos, nada nos garantizaba que nos llevarían al mismo lugar y entonces nuestro encuentro podría alargarse aún más, pues ellos sabían dónde estábamos y, si venían y no nos encontraban, saldrían a buscarnos, y así nos pasaríamos una vida sin juntarnos. «Es mejor si uno se queda en un punto donde el otro le pueda encontrar, ¿no crees?». Me lo repetía siempre. Lo imagino diciéndome que definitivamente eres más lista que yo.

Ambos rieron.

—Bueno, a tu favor diré que si tú también te hubieras quedado esperando a que volviera, tampoco nos íbamos a encontrar. Solo uno debe hacerlo.

—Ya. Pues si vuelve a suceder, por favor, recuerda hacerlo tú, porque…

—… porque tú no eres capaz de quedarte quieto.

—No.

—Lo sé.

Al día siguiente la comitiva partió y, al llegar a su primer destino, todos pudieron verse empezando allí desde cero. Bueno, no tan desde cero, por lo menos ahí nada estaba quemado, pero Axel insistió en que vieran los otros lugares antes de tomar una decisión, y así lo hicieron. Todos tenían posibilidades, pero hubo uno que los dejó perplejos; no contaba con el maravilloso sol de su ciudadela, pero sin duda era el más seguro e increíble de todos y, además, tenía un acceso muy escondido que podían camuflar incluso mejor.

Al entrar, las cosas no hicieron más que mejorar, nunca habían visto, ni siquiera imaginado, algo así. Era un extenso circuito de cavernas subterráneas tan altas que bien podían albergar edificios en su interior, pero, en vez de eso, escondía una densa selva, lagunas de agua cristalina que se formaban tras las lluvias y hasta tenía su propio río subterráneo; la riqueza natural abundaba, conque tenían de sobra, todo lo necesario para poder abastecerse.

—¿Cómo has conseguido dar con este lugar, chico? —preguntó uno de ellos.

—Ha sido fortuito —respondió—. Desde luego, esto no era lo que buscaba. Vine aquí por la selva, esperaba encontrar algún lugar que pudiera asemejarse a la ciudadela, pero tras días explorando, el camino se acabó. Iba a darme la vuelta, pero luego pensé que si bajaba podría cortar el camino, así que probé. Ya abajo, supe que no, y escalando nuevamente noté la entrada. Ya han visto que no fue fácil acceder a ella, pero en cuanto llegué supe que había valido la pena.

—Muy buen trabajo, Axel. Has hecho una labor encomiable.

—Sí —dijeron todos felicitando su tenacidad.

—Bueno. Entonces ahora solo toca negociar con las comunidades aledañas —dijo Axel—. ¿Qué aparentaremos ser? ¿Unos ricos excéntricos? ¿Unos mafiosos con mucho poder adquisitivo?

Todos sonrieron.

—Ya veremos. Primero hay que tantearlos, entonces lo decidiremos. ¿Sabes algo sobre ellos?

—No son muy diferentes a los del Amazonas. Viven alejados de la vida urbana, tienen su propio dialecto y sus propias costumbres, se abastecen de lo que les da la naturaleza y les gusta negociar. Lo único que no admitirían es que contaminásemos su entorno o que lo convirtiéramos en una atracción turística. Quieren lo mismo que nosotros, privacidad, por eso estoy seguro de que conseguiremos llegar a un buen acuerdo. Lo complicado es su idioma, pero ya me he hecho cargo de eso también.

»Viví unos meses en el pueblo desde donde partimos y allí conocí a un profesor que se crio en una de estas comunidades, así que maneja bien estos dialectos y, además, puede indicarnos a las personas con las que debemos hablar. En cuanto salgamos de aquí, podemos ir a buscarlo.

—La subida va a ser interesante —dijo uno de ellos haciendo que todo el grupo resoplara.

—Lo es —dijo Axel—, pero nada que ustedes no puedan hacer.

—Debemos crear un acceso más factible para los niños —dijo Manu.

—Todo a su tiempo —respondieron—. Ahora toca escalar.

Tal como había dicho Axel, acordar con las comunidades vecinas no fue un problema. Y tan pronto como zanjaron ese tema, decidieron terminar de camuflar la entrada y crear un acceso oculto. Para ello necesitaban más manos y a los constructores de la ciudadela, así que regresaron para traerlos y, ya de paso, empezar a gestionarlo todo para la emigración. Entonces dieron a Axel una noticia agridulce; unas tres semanas después de haberse ido, Bianca empezó a sentirse mal y al examinarla descubrieron que estaba embarazada, todos se alegraron al saberlo, pero su malestar empeoró con los días. Estaba padeciendo de hiperémesis gravídica, una afección que intensificaba los síntomas de la gestación y, si no era tratada debidamente, podía hacer peligrar el desarrollo normal del bebé e incluso la vida de ambos. Sumado a esto, algo allí los estaba infectando, por los síntomas parecía deberse a una enfermedad tropical a la que se veían expuestos cada vez que salían de su campo de energía para conseguir agua o cosas que pudieran necesitar. Los sanadores supieron reconocerlo porque en ocasiones habían tenido que tratar a nativos con ese mal. Bianca y sus padres se habían hecho vacunar contra varias de estas enfermedades antes de internarse en la selva, así que, supuestamente, estaban protegidos por al menos diez años, pero aun así corrían el riesgo de contagiarse, pues ninguna vacuna era cien por cien efectiva; además, también podía transmitírselo al bebé, y eso lo habría complicado todo aún más. Por ese motivo sus padres decidieron sacarla de ahí y llevarla a la ciudad vecina donde habían vivido, así podrían alejarla del foco de contagio y favorecer su recuperación, momento en el cual regresarían. Ayudados por ellos, entonces, consiguieron llegar hasta un pueblo bien comunicado donde podrían embarcarse y allí se separaron, sin embargo, el sentimiento no fue de despedida, porque todos pensaban que volverían a verse pronto.

Axel dejó todos sus apuntes y recomendaciones en manos de sus compañeros y luego, guiado por el grupo que acompañó a la familia, llegó al lugar desde donde ellos se habían embarcado. Ninguno sabía exactamente a dónde habían ido así que Axel empezó por una de las ciudades más comunicadas y cercanas a la selva. Ni bien llegó a esta, empezó a buscar en cada centro de salud, hospital y clínica que hallaba porque como ellos cambiaban de identidad constantemente no había otra forma de hacerlo.

Bianca llevaba internada dos semanas en una clínica privada donde ya antes se habían hecho tratar. Era pequeña y no tenía mucho personal, y eso facilitaba que sus padres pudieran arreglárselas para normalizar en las mentes de los encargados los resultados que pudieran ser extraños. No fueron necesarias muchas pruebas, el embarazo, a pesar de la afección, iba bien, y ninguno de ellos estaba infectado. El problema era que Bianca no podía retener nada de lo que comía; en ocasiones, ni siquiera el agua. Había perdido mucho peso y su deshidratación y falta de nutrientes, ponían en riesgo al bebé, así que tuvieron que iniciar una alimentación por sonda y vía intravenosa. Todo el cuerpo le dolía. Los ruidos de los pasillos, las luces brillantes de los focos de su habitación y hasta los olores normales, como el de una colonia o el de un producto de limpieza, le provocaban fuertes de dolores de cabeza que no la dejaban descansar, entonces sus padres optaron por seguir el tratamiento en un lugar más tranquilo y alquilaron una casa de campo, lejos del ruido de la ciudad y con espacio al aire libre donde pudiera caminar y tomar el sol.

Ese cambio le vino bien; dormía mejor, paseaba un poco por las mañanas y empezó a tolerar algunos alimentos. Unas semanas después ya no se veía tan débil, pero su ansiedad por mejorar para poder volver no le hacía bien, así que, con el fin de tranquilizarla, su padre le prometió que, si seguía mejorando, iría a los refugios para llevarles noticias de su estado y traer noticias de Axel.

En los refugios, todos los esfuerzos se habían centrado en organizarse para salir de allí cuanto antes, pues los contagios iban en aumento y los alimentos empezaban a escasear.

Axel, llevaba ya tres ciudades recorridas.

Bianca seguía mejorando, aunque la recuperación era lenta y cumpliendo su palabra, Antonio se fue a la selva. Al llegar, no encontró a nadie en los refugios. Fue hacia la ciudadela con la esperanza de encontrar a alguien allí, pero en vez de eso, encontró a un montón de gente de afuera con todo tipo de máquinas trabajando en ella. No quería marcharse sin una respuesta, así que pensó en buscar en las comunidades y aldeas. Esto hizo que su viaje se prolongara más tiempo del esperado y tanto Bianca como Olena empezaron a preocuparse por él. Solo como estaba, sin nadie en quien respaldarse ni turnarse para poder descansar, empezó a debilitarse, pero aun así nada le detenía. Había encontrado ya varias aldeas, pero en ninguna reconocía a nadie hasta que finalmente, para su alivio y alegría, dio con Waya. Él tampoco tenía pistas para darle, pero fue un júbilo para ambos volver a verse después de tanto tiempo y tras ofrecerle algo de comer y beber, le puso al día de todo cuanto sabía.

—Hace más de dos meses que no se los ve. Estuvieron en sus refugios unos tres meses, luego se los veía pasar en grupos. Los líderes iban y venían hasta que un día dejaron de pasar. Nos acercamos a sus refugios para ver si quedaba alguien allí, pero no. Nadie. Se habían estado marchando y ni nos dimos cuenta —dijo apenado.

—Lo siento. Es que siendo quienes somos no podemos confiar ni en gente buena como ustedes, pero ten paciencia, si no se han despedido es porque seguramente no se han marchado del todo.

—Pues no. Nadie se despidió, aunque sí nos dejaron regalos. Pepitas y piedras. Supongo que para que salgamos también de aquí, pero no todos estamos dispuestos a abandonar la selva, ¿sabes?

—Lo sé. Pero igual creo que deberían reconsiderarlo.

—Y lo estamos haciendo, de momento, lo hemos guardado para cuando lo necesitemos o para cuando tomemos una decisión.

—Cuidado con eso. Los tesoros son como imanes y siempre atraen.

—Cierto. Eso me recuerda que hay algo que me gustaría mostrarte.

Waya llevó a Antonio a otra comunidad y le enseñó una especie de santuario donde los nativos llevaban cosas que iban encontrando de ellos para guardarlas como recuerdos. Muchos de los objetos eran valiosos, en un sentido material, pero para ellos habían adquirido otro tipo de valor.

—¿Qué hace esto aquí? —preguntó Antonio al reconocer el brazalete de Axel.

Waya preguntó en su idioma, pero nadie contestó.

—¿Hay alguien que nos pueda informar? —insistió Antonio.

Su interés despertó la curiosidad del jefe de esa comunidad.

—¿Qué sucede? —preguntó en su idioma a Waya.

—Quiere saber más detalles sobre dónde fue encontrado este brazalete.

—¿Por qué?

Waya se lo preguntó y Antonio respondió que era del padre de su nieto. Todos entendieron cuando dijo «padre» e interpretaron que el brazalete era de su hijo, entonces el líder, sin dar tiempo a que Waya tradujera, preguntó a los demás si alguien sabía quién lo había traído. Uno dijo saber quién lo había limpiado, entonces lo mandaron a llamar. Al cabo de un rato venía el chico en cuestión con toda su familia tras él, entre ellos, su hermana, una adolescente de catorce años, que había sido quien lo trajo.

—¿Dónde lo encontraste?

—Cerca del río, pasaba por ahí cuando vi algo brillar, me acerqué entonces y lo vi. Estaba en un cuerpo casi totalmente devorado, quise irme, pero el brazalete se parecía mucho a uno que había visto cuando ellos vinieron a salvar la comunidad, así que sentí que era mi deber traerlo aquí, junto a sus cosas.

Al decir esto, un sentimiento general de lamento se propagó en el ambiente.

—¿Qué pasa? ¿Qué ha dicho? —preguntó Antonio al percibirlo, y Waya se lo tradujo apenado.

—No puede ser —respondió convencido de que debía tratarse de un error.

—Es verdad —corroboró el hermano al entender su respuesta—. Tuvimos que limpiarlo para quitarle la sangre y los restos de carne descompuesta. Yo mismo lo hice —dijo en su idioma.

—¿Qué ha dicho? —preguntó Antonio.

Waya, acongojado, se lo tradujo y al ver su reacción volvió a interrogar a la niña.

—A ver. No respondas sin más. Dime exactamente cómo fue.

—Ya se lo dije, señor. Estaba en el río y vi algo brillar, me acerqué y vi un cuerpo comido. En su brazo estaba el brazalete y se lo saqué. Olía muy mal y fue muy desagradable tener que hacerlo, pero por lo menos salió fácilmente —dijo escenificando el momento.

Tras la confirmación, todos quedaron afligidos y en silencio. Waya empezó a traducir rebuscando las palabras para no sonar tan mal, pero Antonio seguía sin creerse lo que oía. Aun así, los sentimientos de tristeza de todos los presentes empezaron a agobiarlo, entonces tuvo que alejarse para poder respirar.

Lorenzo

Lo que decía ella era cierto, pero, desde luego, ese cuerpo no era el de Axel, sino el de Lorenzo, un operario que tras pasar el incendio había encontrado el brazalete mientras se deshacía de la madera quemada. Él era un hombre trabajador, el problema es que aceptaba lo que fuera y como, además, era codicioso, no solía prestarle mucha atención a su conciencia, así que cuando le propusieron pagarle para que iniciara y propagara un incendio, que luego le garantizaría un puesto como operario de limpieza, no lo pensó tanto.

«Si no lo hago yo, otro lo hará —cavilaba—, y ese dinero me vendrá bien para salir de aquí y poder montar algún negocio en la ciudad».

Así pues, lo hizo y le pagaron, claro. Además, también le dieron aquel trabajo y, como si acaso se lo mereciera, va y encuentra el brazalete que se le había caído a Axel.

Pasó mucho tiempo admirándolo y pensando en un buen lugar donde esconderlo, pues le preocupaba que alguien se lo viera y se lo robara. Decidió entonces enterrarlo, pero pronto se arrepintió, porque cada vez que veía a alguien caminando cerca de su escondite se ponía nervioso, y como tampoco descansaba bien imaginando que lo encontraban y se lo llevaban, resolvió sacarlo y esconderlo en su propio cuerpo. También le quedaba grande a él, de hecho, bastante más que a Axel, así que lo subió por encima de su codo, lo pegó con cinta y finalmente lo vendó. Desde entonces iba siempre con camisas remangadas y estas le hacían sudar como si estuviera en una sauna, pero él prefería pasarlo mal con tal de tener su tesoro a cuestas. Un día hacía tanto calor que necesitó darse un chapuzón y mientras disfrutaba de su baño vio a dos cachorros de jaguar jugueteando en la orilla. Su sentido común le dijo que se pusiera alerta y que se alejara de ahí, pero su codicia volvió a apoderarse de él, pues ya antes había traficado con animales exóticos y bien sabía que uno de esos podía valer lo mismo que el brazalete o más. Empezó entonces a fijarse en los alrededores en busca de la madre, pero esta no parecía estar allí.

«Quizás haya muerto en el incendio», le decía una vocecilla insensata. «Nunca tendrás otra oportunidad como esta», insistía otra.

Volvió a fijarse nuevamente entonces y en un arranque de estupidez se quitó el pantalón y ató las piernas para poder meterlos ahí, se quitó también la camisa para sacarse la venda y usarla de cuerda y puso un cuchillo entre sus dientes por si lo llegaba a necesitar, después nadó sigiloso hacia las fierecillas sin darse cuenta aún de que la madre estaba observándolo desde el momento en el que había llegado y, en vez de convertirse en el raptor de sus pequeños, se convirtió en su comida.

—Es imposible —se repetía Antonio—. No puede ser

él.

Pero no le cabía duda de que ese era el brazalete que había hecho con su hija. Revisaba los seguros y ciertamente estaban bien, luego se le vino a la cabeza el gesto que hizo la jovencita al contar los hechos; como si deslizara el brazalete por la mano con facilidad, y recordó que Bianca le había dicho que le había quedado grande. También rememoró aquella vez en la que se encontró con el jaguar y se estremeció al imaginar la escena.

—Lo siento mucho —dijo Waya al verlo tan desencajado. Antonio no fue capaz de responder nada. Estaba en *shock*—. No te ves bien, ¿hace cuánto que no descansas? —Antonio seguía sin contestar—. Volvamos a mi comunidad. Necesitas dormir.

Waya se encargó de que Antonio se recuperara del evidente desgaste que tenía y una vez repuesto, lo acompañó hasta el pueblo. Al despedirse, Antonio le agradeció todo cuanto había hecho y le prometió que volvería a visitarlo.

Cuando llegó a casa, Bianca y Olena se alegraron tanto de verlo que ni siquiera el hecho de que no trajera noticias fastidió el momento.

—He sido una egoísta, papá. No sé cómo he podido dejar que fueras allí solo. ¿Cómo he podido pedirte algo así?

—Tú no me lo pediste. Yo te lo prometí.

—Entonces, ¿ya no queda nadie?—preguntó Olena.

—No —se limitó a contestar intentando contener sus emociones, pero ambas percibieron lo mal que se sentía.

—Tranquilo, papá. Axel nos encontrará —dijo Bianca intentando cambiar su estado—. Él nunca se queda quieto. Lo importante es que ya estás aquí.

Antonio la vio tan recuperada que no fue capaz de contarle nada, era un golpe muy duro y, en su estado, posiblemente hasta mortal. Así que decidió hacerlo después del nacimiento.

—Sí —fue todo cuanto contestó—, voy a darme un duchazo.

—¡Claro! Ahora mismo te preparo un baño —dijo Olena al verlo tan desalineado.

—¡Y yo un jugo de esos que te gustan! —añadió Bianca preocupada por su delgadez.

—Gracias, pero solo quiero darme una ducha rápida y dormir.

—De acuerdo —le decía Olena mientras caminaban a su habitación—, pero por lo menos déjame curarte.

Ya a solas con su esposa, pudo sincerarse y Olena tuvo que ser muy fuerte para lograr contener su dolor, pero por lo menos, entre los dos, el peso era algo más ligero.

—No podemos decírselo ahora.

—Lo sé. Pensé lo mismo. Lo haremos después de que nazca el niño.

—La niña.

—¿Qué?

—Es una niña. Va a llamarla Mía.

—Mía —dijo casi esbozando una sonrisa—. Me gusta.

—A mí también.

A Axel también le habría gustado, pues era el nombre de su madre. Estaba agotado. Había recorrido ya varias ciudades y, cansado de buscar a ciegas, comenzó a desesperarse. Aquella sensación de incertidumbre que le había atormentado por años, al no saber nada de sus padres, empezó a apoderarse nuevamente de él. Sintió que iba a derrumbarse, pero entonces, una vez más, recordó las palabras de su abuelo.

«¡Eso es!», pensó imaginando que quizás ella ya había

vuelto a los refugios y que a esas alturas ya debían haberse marchado todos. Entonces se fue para allá.

Al llegar, encontró a todos muy bien, pero nadie sabía nada de ella y le dijeron que pensaban que ya estaban juntos, entonces regresó a la selva. Tenía la esperanza de que Bianca recordaría lo que habían hablado aquella noche y que estaría allí. Hizo lo mismo que Antonio y buscó por las comunidades, y cuando dio con la de Waya se alegró de saber que él había estado ahí.

—¿Y hace cuánto fue eso?

—Hará poco más de un mes.

—No te habrá dejado dicho dónde están, ¿o sí?

—No. Ustedes no suelen hacer eso.

—Ya, pero ¿están bien?

—Sí. Me dijo que estaban todos bien. Su hija lo había estado pasando mal por el embarazo, pero para cuando vino ya estaba mejor.

Axel tuvo un subidón al oír eso. Un compendio de emociones encontradas; alegría por saber que estaban bien, pena y frustración por no poder estar con ella. Waya lo notó y lo relacionó todo.

—Usted no habrá perdido un brazalete, ¿verdad? Uno de

oro.

—Sí —respondió saliendo de su torbellino emocional.

Waya, entonces, le contó todo lo acontecido.

—¿Me estás diciendo que creen que estoy muerto?

—Pues sí —respondió lamentándolo.

Harto de tanta frustración, empezó a tomar profundas bocanadas de aire mientras revolvía su cabello y se alejaba, entonces, de repente, soltó un grito que le salió desde las entrañas. No vio más de donde tirar. Cayó de rodillas. Nadie se atrevía a acercarse, pero Waya, empatizando con su situación, no pudo quedarse simplemente mirando.

—No se rinda —dijo acercándose y agachándose junto a él—. Cuando nos despedimos, me prometió que volvería. Y ustedes siempre cumplen sus promesas, ¿no?

Sus palabras surtieron efecto.

—¿Lo hizo?

—Sí —dijo asintiendo con la cabeza—. Volverá.

—Gracias… ¿Cómo dijiste que te llamabas?

—No lo dije. Me llamo Waya.

—Yo Axel —dijo secándose las lágrimas con el brazo mientras se ponía de pie—. Gracias por todo, Waya.

—¿Se va?

—Sí.

—Pero va a anochecer.

—Eso no me preocupa.

—¿Y si vuelven…?, quiero decir…, cuando vuelvan, ¿qué les digo?

—Que estoy vivo. Que estoy feliz por el bebé y que los estoy buscando.

—¿Y qué tal un lugar o una fecha concreta?

—Necesito pensarlo.

—Duerma aquí, Axel. Aquí es seguro. Le daremos algo de comer y con la mente y el cuerpo descansados podrá pensar mejor.

—Gracias. Eres muy amable, pero necesito estar solo.

Axel quiso despejar su mente y volvió a buscar un buen árbol donde poder acomodarse y ordenar sus ideas. Tras pensarlo mucho, concluyó que quedarse a esperar a que alguna vez volvieran era, dentro de todas las opciones, la más remota y es que, si lo hacía, enloquecería. Aun así, no podía descartar esa alternativa y, viendo que necesitaba ayuda, decidió reunirse con los demás y respaldarse en ellos para organizarse.

Con el amanecer su fe se había renovado y tuvo claro que si era necesario dar la vuelta al mundo a pie para poder encontrarlos, sin importar el tiempo que esto le tomara, lo haría.

12

UN DÍA ESPECIAL

La entrada del colegio era un hormiguero, había varios coches aparcados en doble fila y mucha gente llevando a sus pequeños a su primer día de clases.

Los más afectados eran quienes los dejaban por primera vez y entre besos y abrazos despedían a sus retoños emocionados. La mayoría de los niños estaban un tanto confusos o preocupados, otros se rompían a llorar y luego estaban los entusiastas.

—¡Adiós! —decían—, como invitándolos a irse.

Mía estaba en ese grupo. Tenía tantas ganas de vivir esa experiencia que apenas percibía las emociones de los demás. Su madre y sus abuelos también estaban contentos por ella; podían percibir toda su felicidad, y eso les generaba ternura, pero, aunque ninguno hablaba de ello, estaban intranquilos. Tenían fe en su niña, pero no podían dejar de pensar en lo mal que lo pasaría si algo se le iba de las manos, pues aún era muy pequeña para poder manejar una situación así.

Antonio abrazaba a Olena por la espalda y ella correspondía sujetando sus brazos mientras Bianca se abrazaba a sí misma.

Cuando llegó el momento, Mía avanzó con seguridad y justo antes de entrar se giró para despedirse y les regaló una gran sonrisa; esto les dio el empujón que estaban necesitando para romper la tensión acumulada. Los tres suspiraron.

—Lo hará muy bien —dijo Antonio.

—Sí —respondió Bianca.

—O no y vuelve con nosotros hasta la primaria —bromeó Olena.

—¡Mamá!

—No tenses más a tu hija —dijo Antonio sonriendo—. ¿Hay alguna cafetería por aquí?

—Sí —respondió Bianca—. Vamos.

Al entrar a clases, Mía empezó a familiarizarse con el lugar. Era un aula espaciosa, iluminada y, sobre todo, muy ordenada; había muchos cuentos y material didáctico para niños de esa edad, pero también había muchos letreros con normas escritas, al verlos pensó que debían ir acompañados de dibujos pues, según tenía entendido, esos niños aún no sabían leer.

—¿Tú sabes lo que dice allí? —le preguntó a un niño que estaba a su lado, pero este la miró un tanto desconcertado y tímidamente se apartó de ella.

Entonces dejó de observar el aula y empezó a fijarse en sus compañeros y en lo susceptibles que estaban todos, a pesar de no haber estallado en llanto como unos pocos, a quienes ya estaban tranquilizando.

Mía creía que esos niños iban a estar jugando sin prestar gran atención a lo que pasaba a su alrededor, pero en vez de eso vio cómo mantenían el tipo aun cuando, en mayor o menor proporción, se sentían vulnerables.

A uno de ellos, por ejemplo, que era desconfiado por naturaleza, se le pasó por la cabeza que ahora esas personas podrían ser su nueva familia y que la suya lo había llevado allí con engaños para abandonarlo; esa teoría cobró fuerza cuando recordó que sus padres le explicaron que pronto llegaría un nuevo miembro a la familia y que en su habitación solo había una cama, su corazoncito entonces, roto por la traición, empezó a acelerarse y, conteniendo las ganas de llorar, respiraba acelerado apretando los labios y asintiendo de vez en cuando como quien acepta una cruda realidad.

Otra observaba con el ceño fruncido a todos y a todo, entendía por qué estaba allí, pues ya antes había estado en una guardería, pero no aceptaba ese nuevo entorno. Echaba de menos el pequeño tocador con luces, del que prácticamente se había adueñado, y renegaba imaginando a un montón de niños pintarrajeándolo y llenando de huellas el espejo que con tanto esmero limpiaba cada día.

«¿Quién va a cuidarlo ahora?», pensaba.

Una niña, de carácter resolutivo, decidió distraer su mente con algo que le ayudara a sentirse mejor y se acercó a una estantería con cajones de colores para buscar en ellos algo interesante con lo que poder jugar. Varios niños vieron lo que hacía y pensaron que esa era una buena idea, entonces, aparcando sus miedos e inseguridades, empezaron a hacer lo mismo. Al percatarse de ello, su profesora, una mujer joven, pero de personalidad y aspecto anticuado, que todavía estaba con un niño que no se había recuperado del todo, lo dejó con su ayudante y se acercó a ellos para poner orden. Con gran dominio de autoridad y autocontrol, indicó que esos no eran juguetes, sino útiles de trabajo que iban a necesitar después y que debían estar siempre en su lugar.

—¡A ver, niños! Aquí vamos a aprender muchas cosas interesantes y vamos a hacerlo de una manera ordenada. Como pueden ver, cada mesa y cada silla tiene una fotografía. Quiero que busquen la suya y donde la encuentren es donde se deben sentar. ¿Buscamos nuestra foto?

Todos los niños empezaron a buscar la suya y, más pronto de lo que Mía pudo imaginar, estaban ubicados.

«¡Qué listos son!», pensó.

—Muy bien, ahora vamos a presentarnos. Yo soy su profesora, me llamo Marga y ella es Miriam —dijo presentando a la profesora auxiliar—. Está aquí para ayudarnos. ¿Saludamos a Miriam?

—Hola —dijeron unos cuantos.

—Ahora nos gustaría saber cómo se llaman ustedes. ¿Alguien quiere decirnos su nombre?

Al comienzo nadie decía nada, algunos se miraban entre

sí, otros esquivaban la mirada y otros negaban con la cabeza mirando al suelo. Entonces Mía, a manera de dar ejemplo, levantó la mano. Ese gesto le agradó mucho a Marga, no solo por su cooperación, sino porque lo hizo de una manera que indicaba que ya había aprendido a pedir la palabra.

—¡Muy bien! Me gusta que levantes la mano antes de participar. Adelante, dinos, ¿cómo te llamas?

—Me llamo Mía.

—¿Saludamos a Mía?

Algunos niños accedieron y respondieron tímidamente, entonces Marga le agradeció e instó a los demás a continuar con la presentación; unos cuantos se animaron, pero después tuvo que empezar a acercarse para ayudar al resto. Lo cierto es que tenía muchos recursos, no solo sabía los nombres de todos, sino que, además, sabía un poco sobre las preferencias de cada uno, lo que facilitó bastante la comunicación.

Una vez que todos lo hicieron, terminó de enseñarles el aula indicando varias veces que cada cosa debía estar siempre en su lugar y que, cada vez que utilizaran algo, luego debían dejarlo como estaba.

—El orden es muy importante —reiteraba.

También explicó, señalando un sillón que estaba esquinado, que ese era el «el rincón de pensar» y que servía para meditar cuando hacían algo que no estaba bien. Luego les enseñó una canción de saludo que debían cantar cada mañana antes de empezar las clases.

Un primer timbre sonó y todos fueron conducidos a un gran patio donde les enseñaron todas las zonas de juego.

Esto, desde luego, fue la guinda del pastel para Mía. Había tanto donde elegir que ese descanso se le pasó muy rápido.

Al volver a clases, Miriam les contó un cuento de una manera tan particular que al terminar todos le pidieron que contara otro. Y finalmente les enseñaron cómo debían dejar su mesa y el aula antes de marcharse.

Como estaban en etapa de adaptación, hacían menos horas de las habituales y debían empezar a prepararse antes para reunirse con sus familias, que ya estaban esperándolos en la entrada del colegio.

Mía estaba maravillada con tantas sorpresas. Ella había pensado que su profesora sería más condescendiente, pues en la mayoría de las oportunidades en las que había tenido contacto con otros adultos así había sido; sin embargo, ella los trataba y les hablaba de una manera directa y clara. También había imaginado que, al ser tan pequeños, sus compañeros estarían ensimismados jugando o pintando y que tendría que conformarse con observar y aprender de sus comportamientos, pero no fue para nada así. Ellos comprendían bien a sus profesoras y, una vez superada la primera hora, participaron en todas las actividades.

Al salir se formó un barullo similar al de la mañana, muchos coches y gente dispersa por todas partes, y Mía rio pensando que ni siquiera en su recreo se había originado tal desorden.

Su madre y sus abuelos también estaban en medio del tumulto e igual que los demás recibieron con emoción a su pequeña.

—¿Qué tal ha ido? ¿Y cómo ha sido? ¿Qué tal tu profesora? ¿Qué han hecho? ¿Te ha gustado?

Mía contestó a todas sus preguntas y luego, mientras comían, se explayó más.

—¡Mis compañeros son increíbles! Son mucho más

listos de lo que imaginaba y, además, son muy valientes. Algunos lloraron al principio, pero terminaron recuperándose. Se adaptan tan rápido que no me he sentido muy distinta a ellos, y mi profesora también es muy diferente a lo que esperaba. Es muy clara cuando habla, no nos trata como a pequeños infantes sin capacidad de comprensión, al contrario; es como una de esas patas que van por delante de los patitos dando por hecho que todos van a seguir su ritmo. ¡Y lo hacen!

—Claro, cariño, ¿por qué no iban a hacerlo? —preguntó Bianca.

—No sé, creía que eran más lentos.

—En algunas cosas lo son, porque su proceso de aprendizaje no es tan rápido como el tuyo, pero en temas de habla y escucha, por ejemplo, pueden ser muy rápidos, incluso pueden entender y expresarse en más de un idioma a la vez desde muy pequeños.

—¡Y tanto! Al principio pensé que no, porque le hablé a uno de ellos y me miró como si no me comprendiera y luego se alejó de mí sin contestarme nada. Entonces recordé lo que hablamos sobre prestar atención a sus emociones y pude sentir su preocupación y su miedo, pero

¡hay que ver cómo se controlan! Eso sí, ninguno se acercó a animar a los que lloraban, solo los miraban; algunos, incluso molestos. Eso me extrañó. Si sentían lo mismo que ellos, ¿por qué no los comprendían? ¿Por qué no se acercaban a consolarlos?

—Porque, como has dicho, ellos se sentían igual y estaban haciéndose cargo de sí mismos —dijo Olena—. Es difícil ayudar a otros cuando uno mismo no se siente bien.

—¿Y por qué se molestaban?

—Porque estaban luchando por mantener sus emociones a raya y ver a esos niños así no les ayudaba.

—Yo tenía tantas ganas de abrazarlos y tranquilizarlos, pero, como los otros niños no lo hacían, no quería llamar la atención. Menos mal que las profesoras sí lo hacían, porque si no, no habría podido contenerme, ¡Por cierto! Tengo dos.

—¿Ah, sí?

—¡Sí! Una es Marga y la otra se llama Miriam, ¡Es muy graciosa contando cuentos! No te ofendas, abu, pero creo que te saca ventaja.

—¿Qué cosa? —dijo haciéndose el indignado—. ¡Eso

es imposible!

—Es muy buena, ¡en serio!

—Pero ¿a que no puede hacer efectos especiales? —replicó Antonio.

—No, eso no…, pero…

—¿Pero qué?

—No de la forma que tú lo haces, pero a su manera… —Mía intentó imitarla, pero al darse cuenta de lo mal que lo hacía empezó a reírse hasta quedarse sin aliento.

—¡Vaya carcajada! Alguien ha tenido un día especial —dijeron.

—¡Sí! Ha sido tan divertido y me ha gustado tanto que nunca lo olvidaré.

13

RESILIENCIA

No fue fácil para Bianca recuperarse del mazazo emocional que sintió cuando sus padres le entregaron el brazalete. No quería creer lo que le habían contado, pero tampoco dudaba de ellos, por el contrario, podía percibir su pesar desde el día en que Antonio había vuelto, aunque ellos lo justificaban diciendo que no era pena, sino nostalgia por ver a su niña ya hecha una mujer y a punto de ser madre.

Desde luego que quiso irse en busca de más respuestas, pero Antonio le aseguró que ya todos se habían marchado de allí y que, con suerte, solo encontraría a Waya para oír lo mismo que ya le había comentado él. Además, Mía había acabado de nacer y habría sido egoísta e irresponsable llevarla a un lugar tan impredecible con solo unos días de vida. Su única opción era dejarla con ellos, pero sabía que no debía anteponer su dolor a su deber de madre, así que lo asumió con entereza.

Mía se parecía a Axel, tenía sus ojos, su desparpajo y su carácter tierno y rebelde. Sus abuelos la querían con locura y, a pesar de la profunda pena que sentía Bianca, ella también disfrutaba de su pequeña. Era la única razón por la que cada mañana conseguía levantarse y ganarle las partidas a la depresión, era su responsabilidad, pero también su motivación y todo cuanto le quedaba de él. Sus padres podían ver cómo combatía cada día su tristeza y desde luego quisieron ayudarla, así que buscaron un nuevo destino; uno paradisiaco y tranquilo, uno que le ayudara a sanar sus heridas, uno muy lejos de allí.

Durante ese tiempo, además de criar e instruir a su hija, Bianca había estado trabajando en un invernadero al que inicialmente solo iba como cliente; encontraba en este un refugio silvestre en el que conseguía reconfortarse. Sus dueños, unos amantes de la naturaleza, notaron su gran conexión con esta y le informaban de todos los talleres que semanalmente realizaban allí. Bianca intentaba no perderse ninguno y lo cierto es que tenía muy buena mano, además de mucho arte, así que en cuanto quedó un puesto vacante, no dudaron en ofrecérselo a ella. Aquello significaba tener que duplicar esfuerzos, pero, por otro lado, mantenerse ocupada le ayudaba a superar el duelo, así que aceptó.

Bianca estaba agradecida. Trabajar ahí le resultaba terapéutico, el entorno natural y la música de fondo con sonidos de aves, cascadas y corrientes de ríos la devolvían a los mejores años de su vida y, aunque a veces no podía contener alguna lágrima, se sentía en paz. Todos estaban encantados con ella, aportaba mucho, a menudo se sentía inspirada y transformaba espacios basándose en sus recuerdos. Además, las plantas estaban mejor que nunca; crecían con más fuerza e incluso las más delicadas ya casi no enfermaban y si lo hacían «milagrosamente» se recuperaban. Sus diseños llamaban la atención de todos y muchos de los clientes comenzaron a preguntar por los paisajistas, y cuando se enteraban de que era ella le pedían consejos y hasta le solicitaban que se hiciera cargo de los jardines de sus casas u oficinas. Bianca les daba sus ideas, pero no se comprometía con nadie, porque eso requería mucho tiempo y Mía seguía siendo su prioridad. Muchos, incluidos los dueños del vivero, le decían que estaba desperdiciando su talento y que debía dedicarse al paisajismo, pero ella no tenía ninguna prisa por dejar ese lugar, sin embargo, sí seguía asistiendo a sus talleres e incluso tomaba algún que otro curso en la universidad; llenó su casa de libros de jardinería, plantas y diseño de exteriores que enriquecieron sus conocimientos y la prepararon para esa labor, la cual abordó poco después de que Mía empezara a ir al colegio.

Axel también combatía su dolor manteniéndose ocupado y había revolucionado la nueva ciudadela. Ya no era un chiquillo rebelde e incomprendido. Ahora era un líder y todos lo veían como tal.

Los entrenadores se dividieron en dos grupos: instructores y situadores. Ambos entrenaban, pero los segundos, tal como Axel, también salían a explorar nuevas tierras donde poder asentarse. Habían aprendido la lección y ya no se acomodaban en un solo lugar, ahora tenían opciones; dos ciudadelas más y campamentos por todas partes del mundo. Waya también se había vuelto parte del plan y cada año camuflaban por unos meses uno cerca de él, y antes de marcharse le dejaban rutas marcadas de diferentes puntos donde poder trasladarse en caso de que los incendios quemaran nuevamente su comunidad.

Los teléfonos, las radios, las señales de internet o cualquiera de esos medios seguían sin usarse, porque no querían correr el riesgo de ser rastreados a través de cualquiera de esos aparatos. Los situadores se encargaban de llevarles toda la información en papel para que pudieran estar al tanto de la forma de vida urbana y les suministraban ropa, tiendas de campañas y todo tipo de productos de afuera para que sus campamentos se vieran como tales. También les gestionaban documentos con los que poder movilizarse, cosa que todos debían hacer con frecuencia para no volver a enraizarse como sucedió en el Amazonas y para ganar naturalidad, porque cuando les tocó emigrar actuaron de un modo tan llamativo que hicieron peligrar varias veces la misión.

Su única forma de comunicación a distancia era a través de cartas enviadas a apartados postales cercanos a sus ciudadelas o campamentos y estas iban escritas de tal manera que, si por cualquier motivo alguien las leyera, no encontrara nada raro en ellas; una que dijera, por ejemplo, que «la tía Norma se había mudado con su madre» significaba que un campamento se había mudado a una ciudadela.

Todo cuanto hacían eran consecuencias de la irrefrenable búsqueda de Axel, pero, a pesar de que encontrarlos era su máxima prioridad, no conseguían dar con ellos. Tras los meses se acumularon los años y él no entendía cómo era posible que tras todo lo que estaban haciendo aún no los hubieran encontrado. Dejó entonces volver a sus fantasmas del pasado y se le metió en la cabeza que podrían haber sido descubiertos y secuestrados y viendo que todo su trabajo ya estaba encaminado y en buenas manos, se decidió a hacer lo único que no podía delegar en nadie más: entregarse. Cuando se lo dijo a sus compañeros, ninguno lo aprobó, pero viendo que nada iba a detenerlo decidieron respaldarlo y acompañarlo; sin embargo, él no aceptó, respondió que debían quedarse para continuar con su labor y añadió que ir juntos podría estropear sus planes porque, una vez atrapados, los separarían y los utilizarían como objeto de chantaje.

Partió solo, entonces, hacia la ciudad en la que todo empezó y alquiló una cabaña cerca del mismo río donde vivía su abuelo; ya no había terrenos despejados, ahora había vecinos por todas partes, pero eso le venía bien.

Una vez más, cambió su nombre y su aspecto, pero esta vez adoptando un comportamiento misterioso que sí llamara la atención.

Luego, empezó a dejarse ver colando piedras cada mañana, despertando así la curiosidad de sus vecinos; algunos se le acercaban para presentarse y conocerlo mejor, pero Axel no hacía buenas migas con nadie, solo hablaba para saber y dejar saber lo que quería. También empezó a frecuentar los negocios de compra y venta de oro, llamando la atención de la policía, pero eso tampoco le venía mal.

Las cosas empezaron a torcerse cuando muchos de sus vecinos empezaron a hacer lo mismo que él, pues al cabo de un tiempo toda la zona del río estaba plagada de entusiastas buscadores de oro que mostraban con orgullo las pepitas que conseguían atrapar. Aquello tuvo tal repercusión que hasta las cadenas de noticias se interesaron.

Desde luego no estaba en sus planes hacerse famoso, pero sus vecinos se encargaron de ponerlo en la mira de todos los medios al contar que él había sido el pionero. Lo que comenzó con una simple intención de dar nombre y rostro al responsable del hallazgo se convirtió en una carrera mediática por descubrir quién era, pues no se dejaba entrevistar y, por más que buscaban, no encontraban nada sobre él; ningún perfil en ninguna red social o de trabajo ni nadie que pudiera dar razón de su pasado.

De toda esta maraña, algo inesperado surgió.

—¡Mía, ven a desayunar! —llamó Bianca desde la cocina—. No querrás llegar tarde al cole, ¿no?

—Espera un momento, mamá. En las noticias está saliendo ese hombre misterioso.

Bianca corrió al salón para verlo.

—No se le ve bien —dijo Olena.

—Pobre, no se los va a quitar de encima —comentó Antonio.

—Y claro que no, ¡míralo! Con esas pintas, ¿cómo no iba a llamar la atención?

—No tiene ni idea —lamentó Bianca—. Lo está haciendo todo mal.

—Debería ser ilegal acosar así a una persona —dijo Olena indignada—. Tenemos que ayudarlo.

—¿Cómo? —preguntó Antonio.

Bianca no contestó, pero ya estaba tramando algo. Al igual que sus padres, sospechó desde un principio que pudiera tratarse de uno de ellos y, como ellos, se sentía en la obligación de ayudarle, entonces empezó a estudiar una manera de rescatarlo.

Era un plan tan sencillo como tomar un vuelo y esperar a que anocheciera, meterse en su casa y dominar su mente para saber si era o no de los suyos y, de ser así, cambiarle el aspecto, darle documentos y embarcarlo a un destino seguro, momento en el cual se separarían y todo seguiría como hasta entonces; por lo menos así se veía en el papel, aunque era consciente, por supuesto, de que no dejaba de ser arriesgado.

Sus padres quisieron ser quienes lo hicieran, pero Bianca se opuso, porque la que poseía más energía, dominio mental y entrenamiento era ella. También propusieron que se dejara acompañar por alguno de ellos, pero, poniéndose en todos los escenarios, prefirió que se quedaran los dos con Mía.

Por su lado Axel, al ver tantos testigos y cámaras de por medio, pensó que esa gente no se iba a exponer y decidió desaparecer en cuanto la oportunidad se lo permitiera.

Una noche, echado en su sofá, estaba dándole forma a su retirada cuando escuchó un sonido que reconoció de inmediato, uno que no había podido olvidar en todos esos años. Era una ganzúa manipulando la cerradura de la puerta de servicio; la misma técnica que empleaban aquellos hombres para entrar al sótano mientras él se debatía entre quedarse en el depósito o escapar. Esta vez se quedó quieto. No tenía intención de huir. Era el momento que había estado esperando y estaba mentalmente preparado, pero entonces alguien llamó a la puerta principal; el timbre le retumbó en la cabeza como si le hubieran metido unos parlantes en esta, pues, a pesar de no sentir miedo, tenía la adrenalina disparada. Tras la distracción, Axel volvió a fijarse en la puerta de servicio, pero los ruidos de la herramienta habían cesado.

El timbre volvió a sonar.

—¡¿Quién es?! —gritó enfadado acercándose a la puerta, pero nadie contestó. Era Bianca, que al reconocer su voz se quedó confusa y sin reacción—. ¡En serio! ¿Qué pasa con ustedes? —dijo abriendo la puerta enfurecido, pues creía que era uno de sus vecinos o algún periodista de turno—. ¡¿Nunca duermen?!

Al verse los dos, se quedaron paralizados.

Ninguno fue capaz de decir nada, apenas pasaron unas milésimas de segundo cuando ambos sintieron la presencia de alguien más en el interior de la cabaña y Axel, recordando que hacía un rato habían estado intentando entrar, supo que eran ellos. Aterrado con la idea de que Bianca fuera a decir algo que la delatara, la tomó del brazo fingiendo sacarla indignado de su propiedad y por el camino le explicó rápidamente lo que pasaba.

—Tienes que irte cuanto antes de aquí —fue lo último que le dijo antes de soltarla.

—¿Cómo puedes pedirme eso?

—Tú no deberías estar aquí. ¿Cómo… ? —preguntó sin terminar de hacerlo.

—Te vimos en las noticias. No sabíamos que eras tú. Pensábamos que se trataba de uno de nosotros y quisimos ayudar. A ti te… creíamos…

—Lo sé —interrumpió.

—¿Cómo?

—Da igual, no tenemos tiempo para esto ahora. ¡Debes irte ya!

—Podemos enfrentarlos juntos.

—¡No! No puedo exponerte así. Si te atrapan, tendrán algo con lo que extorsionarme, ¿no lo ves? Piensa en nuestro hijo.

Bianca se quedó sin respuesta, pues no sabía que lo supiera.

—Hija —rectificó conteniéndose.

—No llores —le pidió, aunque a él mismo también se le enjugaron los ojos.

—Se llama Mía.

Axel se estremeció.

—Ve a la Selva —dijo tratando de no perder el control de sus emociones—. Busca a Waya. Él te dirá dónde están los demás. Yo dejaré que me lleven, pero no te preocupes por eso, sé lo que hago. En cuanto nos hayamos alejado lo suficiente, me liberaré y me reuniré con ustedes allá.

Dicho esto, regresó hacia la cabaña, pero ella, al verlo alejándose, no pudo soportar la idea de marcharse sin más. No tenía claro lo que iba a hacer, porque estaba tan afectada que le estaba costando improvisar, pero se había decidido a luchar. Axel, que la conocía bien, se giró a verla y supo que no iba a rendirse, entonces volvió otra vez con ella y, sin darle tiempo a nada, dominó su mente.

—Quédate quieta y escúchame. En cuanto pegue el portazo, recordarás que viniste, llamaste a la puerta y quien te abrió no fui yo, ni siquiera uno de nosotros, solo un ermitaño enfadado con todos por haberle invadido el río y su privacidad. Comprenderás entonces que esto no es asunto tuyo y regresarás de inmediato al lado de la niña, pues ella es quien realmente te necesita.

A medida que Axel decía esto a Bianca se le caían las lágrimas, no podía moverse ni decir nada, pero tampoco era necesario que lo hiciera, él percibía muy bien todo lo que estaba sintiendo.

—Para, por favor. Confía en mí. Lo hago por nuestro bien. Sécate las lágrimas e ignora que has llorado.

Ella intentó luchar con todo su ser para liberar su mente antes de que él llegara a la puerta, pero, tras cerrarla, todo lo ocurrido se le esfumó.

Por un momento se sintió ofuscada, pero, tal como se lo había indicado él, concluyó que no tenía nada que hacer allí y volvió junto a su familia.

Axel la vio alejarse desde la ventana y, por un lado, se sintió aliviado de que hubiera funcionado, pero, por otro, se sentía devastado; la había tenido tan cerca, incluso la había tocado, pero todo había sido tan rápido que aún no se creía lo que había pasado. Cuando volvió a percibir la presencia de esa gente ni se inmutó. Solo cerró los ojos deseando que hicieran ya lo que tuvieran que hacer y, tras el certero pinchazo de un dardo anestesiado, perdió el conocimiento.

Unas horas más tarde, empezó a volver en sí llamado por una voz que le resultaba cálida.

—Despierta, Axel. Despierta.

La habitación donde estaba tenía tanta luz que apenas podía entreabrir los ojos, pero al oír nuevamente esa voz, cada vez más clara y familiar, se giró e hizo un esfuerzo por enfocar su mirada, entonces se encontró con unos ojos que, aunque algo envejecidos, jamás habría podido olvidar. Eran los de su madre.

A la familia donde di mis primeros pasos,

a la familia en la que aprendo nuevos pasos

y a los ángeles, que siempre los han guiado.

ETNIUM